KB253221

FUSION FANTASTIC STORY

김광수 퓨전 판타지 소설

마계대공 연대기 2

김광수 퓨전 판타지 소설

초판 1쇄 찍은 날 § 2010년 4월 26일
초판 1쇄 펴낸 날 § 2010년 5월 3일

지은이 § 김광수
펴낸이 § 서경석

편집장 § 문혜영
편집 § 유경화

펴낸곳 § 도서출판 청어람
등록번호 § 제1081-1-89호
등록일자 § 1999. 5. 31
어람번호 § 제1-1142호

주소 § 경기도 부천시 원미구 심곡2동 163-2 서경B/D 3F (우) 420-822
전화 § 032-656-4452 팩스 § 032-656-4453
http://www.chungeoram.com
E-mail § chungeoram@chungeoram.com

ⓒ 김광수, 2010

ISBN 978-89-251-2166-6 04810
ISBN 978-89-251-2164-2 (세트)

계공기 대기 연대 마대

Darkness Duke Chronicle

2

김광수 퓨전 판타지 소설

FUSION FANTASTIC STORY

도서출판 책람

Contents

Chapter 14
아나. 처먹어라!

마계
대공
연 대 기

어지간해야 상대를 해볼 것이 아닌가.

길이만 해도 20미터에 이르고 치켜든 대형 통 쇠파이프만 한 단단한 가죽 꼬리침은 보는 나를 질리게 했다.

더욱이 놈의 몸통에서 뿜어져 나오는 마력 파장.

앞에 상대했던 크랄루라는 놈들은 고압전선 앞의 동네 전봇대 정도밖에 안 되었다.

"크으……."

"으으으으……."

힘든 상대임에도 최선을 다해 공격하던 마족 병사들의 얼굴이 일그러졌다.

용맹하던 그들을 주춤거리게 만드는 대빵 크랄루의 등장.

'튈까…….'

이미 싸늘히 식어버린 용기와 투기.

탱크 앞에 선 소총 하나 든 알 보병처럼 막막하기만 했다.

그리고 정말로 튀고 싶은 간절한 소망.

하지만 그럴 수가 없었다.

뛰어봐야 홈키파 앞의 벼룩 신세.

더욱이 마족 병사들이 사라지면 하급 마족들은 떼몰살이 될 것이 분명했다.

물론 플라이 마법을 펼쳐 도망갈 수도 있겠지만 아무리 봐도 후퇴할 분위기는 전혀 없었다.

쿠라라라라라라라라라라라라라라라라라!

"컥!"

"크헉……."

나타난 대빵 크랄루의 성난 포효.

버티고 있던 마족 병사들이 귀를 붙잡으며 바닥에 뒹굴기 시작했다.

크라라라라라라라라라라라라라!

대장의 뒤를 이어 똘마니 크랄루 놈들도 좋아라 하며 듣기

심히 거북한 울음을 토해내었다.

'헐……'

싸우고 자시고 할 것도 없었다.

똘마니 급은 그래도 버텨내던 병사들이 모조리 기절 상태에 돌입해 버렸다.

그리고 심각한 문제가 연이어 터졌다.

찌릿찌릿, 찌리릿.

무슨 이유인지는 몰라도 크랄루가 발하는 울음소리에 별 반응이 없는 몸뚱이.

처음 잠깐 놀란 정도였지만 면역이 된 듯 아무렇지 않았다.

대장 놈의 천지가 떠나갈 듯한 포효도 귀가 아픈 정도뿐이었다.

하지만 그걸로 위안을 삼기에는 상황이 심각하게 안 좋았다.

'이 쉬벨 새끼들이 어디를 꼬나봐……'

그러했다.

마족 병사들이 대항력을 잃고 쓰러지자 크랄루들의 시선은 모두 나에게 향해 있었다.

파란 빛을 뿜어내는 마력검을 들고 홀로 대지에 서 있는 내 모습.

놈들의 눈탱이가 밤탱이가 아니었기에 나를 모두 노려보

고 있었다.

꿀꺽.

파르르르.

마른침이 넘어가고 온몸이 독감에 제대로 걸린 병자처럼 제어 불가능하게 떨려왔다.

크르르르르르.

쿠궁쿠궁.

입가에 녹색 거품을 뿜어내며 나를 노려보는 크랄루 대장 놈.

그리고 어느새 똘마니 놈들은 물샐틈없이 나를 포위하고 있었다.

'사느냐 죽느냐 이것이 문제로다… 가 아니라 진짜 뒈지겠네.'

살아남은 크랄루가 열 마리가 넘었고, 그놈들 합친 것보다 수십 배는 더 무서운 전갈 대빵.

정신을 차렸다.

특수부대에서 배운 생존 기술 중 하나가 바로 죽음 앞에서도 냉정해지는 법이었다.

목적한 바를 위해서 모든 팀원들이 죽음을 불사할 수 있는 정신력을 소유함이 특전사들의 가장 큰 무기였다.

공포를 몰아내고 정신을 차리자 몸의 떨림이 가라앉았다.

그리고 파악되는 크랄루들의 모습.

'저놈이 문제로군.'

텔레파시처럼 크랄루 대장 놈이 부하들을 부리고 있음이 짐작되었다.

말은 뱉지 않았지만 크랄루 대장의 의지대로 나를 포위하는 놈들.

'그래, 오늘 끝장을 보자!'

'한 놈만 패라'가 가훈은 아니지만 위기의 순간에도 마음속의 다짐은 크랄루 대장 놈을 찍었다.

똘마니들에게 칼침 맞는 것보다 대장에게 한 방에 천당 가는 것이 죽어도 덜 쪽팔릴 일.

어쩌다 마계로 넘어왔지만 어설프게 사망신고를 하고 싶지는 않았다.

'어머니, 이 불효자 곧 만나러 갑니다!'

기억도 나지 않는 어머니 얼굴이지만 죽음이 가까워지자 엄마라는 이름이 생각났다.

파아앗!

마음을 먹자 태극선기공이 운용되며 내 안의 힘들이 겸과 한 몸이 되었다.

하단전에 잠재되어 있는 힘보다 몇 배나 강력한 세맥 속의 진기들.

쿠라라라라라라라라!

자신에게 반항하자 기분이 상하는지 날카로운 이빨을 드러내며 울음을 토하는 크랄루 대빵.

'죽더라도 네놈 꼬리침 하나는 박살 내주마!'

사가가가가가가각.

대빵 놈이 울자 알아서 기는 쫄따구 크랄루들.

나를 공격하기 위해서 몰려오기 시작했다.

"탓!"

힘차게 기합을 토하며 크랄루 대빵 놈에게 달려갔다.

안 되면 되게 하라는 특전사 정신.

'이 새끼 대가리 겁나 크네……'

돌격정신으로 달려갔지만 너무 커서 어디를 때려야 할지가 의문인 놈의 왕탱크만 한 덩치.

그대로 놈의 정면 상판대기를 향해 점프를 했다.

어릴 때 친구들과 싸울 때 코피가 터지면 승패가 갈리듯, 놈이 혹시라도 코피를 터뜨리면 패배를 인정하고 무릎을 꿇고 용서를 빌지 않을까 어설픈 상상을 하면서 말이다.

카가가가가가가가강!

쉐애애애애애애애액.

"으헐!"

콰아아앙!

정신이 하나도 없었다.

몸통이 장난 아니게 큰 놈 주제에 빠르기는 어찌나 재빠른지 눈이 휙휙 돌아갔다.

기세 좋게 놈의 상판대기를 후려치려는 나를 향해 날아오는 앞 집게발.

단단한 포장도로도 한 방에 박살 낼 것 같은 쇳덩어리 집게발의 날렵한 방어와 공격.

방금 전까지 마력검에 쓸리던 크랄루의 몸뚱이는 어디로 가고 진짜 불똥이 튀었다.

거기에다 기습적으로 내 머리통을 노리고 찍어오는 놈의 대형 전봇대만 한 꼬리침.

위기를 감지하고 몸을 돌리는 사이 바닥을 후려쳤고, 순식간에 거대한 구멍이 뚫리는 것을 내 눈으로 직접 확인할 수 있었다.

걸리는 순간 개떡처럼 납작해질 것이 분명했다.

크라라라라라라!

쉬이이익.

집게발과 꼬리침만 있는 것이 아니었다.

개미를 짓밟아 죽이듯 나를 깔아뭉개려는지 몸뚱이를 그대로 덮쳐 오는 놈.

'사람 살려!

죽기 살기로 덤볐지만 레벨 차이가 워낙 심했다.

이제 갓 초보 사냥을 할 수 있는 게이머에게 보스 급이 갑자기 나타나 행패를 부리는 상황.

쇄애애애애애애액.

바람의 칼날처럼 날아오는 놈의 집게발.

터더더더덕.

급하게 몸을 틀며 도망을 쳐보지만.

쉬쉬쉬쉬쉭.

내 머리통을 씹어 먹기 위하여 달려드는 놈의 쇠 주걱턱.

콰드드드득.

머리통 대신 바닥을 한 움큼 집어삼킨 놈의 모습.

지하에서 튀어나올 정도라면 땅 파는 데도 일가견이 있는 놈이 분명했다.

크라라라라라라라라라라!

날렵하게 몸을 빼내자 성이 나는지 기분 나쁘게 울음을 토하는 놈.

쇄쇄쇄쇄쇄쇄액.

어느새 다가와 한 팔, 아니, 열 개의 다리를 거드는 똘마니 크랄루들.

눈이 핑핑 돌아갔다.

한순간 정신 팔아도 저 날카로운 집게발에 싹둑 몸이 잘릴
판.

'살려주세요! 부처님! 알라신! 하나님! 헬프 미!!!'

평소 나 잘난 맛에 살아왔던 나였건만 죽음의 문턱에서 저
절로 찾게 되는 착하신 여러 분들(?)의 이름.

쉬칵쉬칵.

퍼버버버버버벅.

바닥이 파이고 몸이 뒹굴고 아슬아슬하게 스쳐 지나간 날
카로운 집게발에 잘린 옷자락이 하늘에 날렸다.

지금 이 순간 누군가 이 위기에서 나를 구해준다면 평생 몸
바쳐 충성하리라 마음먹었다.

크라라라라라!

"헛!"

요리조리 도망을 치다 보니 어느 순간 놈의 아가리 밑에 자
리를 잡았고 그때를 놓치지 않고 나를 물어오는 놈의 강철
턱.

내 평생 지네에게 오징어처럼 머리가 씹혀 죽는 순간이 올
줄은 단 한 번도 상상해 본 적이 없었다.

위급한 순간.

들고 있던 마력검으로 놈의 칼날 같은 이빨 사이에 쑤셔 넣
었다.

캉!

"……!!!"

하지만 그건 어디까지나 나의 착각.

찌르는 마력검을 이쑤시개로 사용하려는지 단박에 이빨로 물어버리는 놈.

우두둑.

잘렸다.

단단하던 중급 마족의 마력검이 놈의 이빨질 한 번에 똥꼬에 낀 나무젓가락처럼 힘없이 부러져 나갔다.

주루룩.

철퍽.

그리고 머리 위 정확히 1미터 정도 떨어진 곳에서 얼굴로 흘러내리는 놈의 녹색 거품.

더럽다고 투정 부릴 시간도 없었다.

본능적으로 놈을 쳐다보던 나는 얼굴에 거품이 덮여지자 그대로 눈을 감았다.

'아프니까 꼭꼭 씹지 말고 한 번에 잘라 먹어라, 이 썩을 놈아.'

차라리 마음이 편했다.

마계에 사는 마물 놈이 이때 아니면 언제 인간 고기를 맛보겠는가.

그것도 아직 싱싱한 고삐리 몸뚱이를 말이다.

크르르르르…….

고양이에게 도망치던 쥐 같던 나를 잡자 기분이 좋은 듯 머리 위에서 그르렁거리는 놈.

오늘 놈은 복이 터졌다.

불과 얼마 전에 배 터지게 먹은 꽃등심 코피론 고기.

나를 잡아먹는 순간 놈은 아직 위장에 있을 코피론 고기까지 같이 맛볼 수 있을 것이었다.

스으윽.

놈의 이빨이 머리통 바로 위까지 다가오는 것이 느껴졌다.

스스스스스.

"우웩……."

태어나 양치질이 뭔지를 모르고 살아왔을 놈의 더러운 입김.

씹혀 죽는 것보다 입냄새에 질식해 죽을 것만 같았다.

"빨리 처먹어! 이 새끼야!"

되려 성질이 났다.

소매로 거품이 뒤덮인 얼굴을 닦으며 놈에게 악에 받쳐 소리쳤다.

말도 통하지 않는 이놈하고는 협상도 필요없을 것.

매도 먼저 맞는 것이 낫듯이 빨리 죽고 싶었다.

크라라라라라라라라!

악을 쓰자 분노한 놈.

고개를 젖히며 입을 크게 벌렸다.

쉬아아아아아악.

그리고 내 머리통을 향해 사정없이 내리꽂는 이빨과 아구
창.

"아나, 처먹어라!"

고개를 들이밀었다.

그리 안 해도 소환수로 사는 것이 못마땅한 마계.

이제는 영원히 안녕이었다.

"……?"

고개를 들이밀면서 삐딱하게 틀어진 목.

그런 내 눈에 들어오는 폭주해 오는 푸른 빛 덩어리.

콰아아아아아앙!

쿠라라라라라라라라라라라라라라라라라!

귀가 멍멍해질 정도로 타격음이 들리더니 나를 삼키려던
대빵 크랄루 입에서 고통의 단말마가 터져 나왔다.

'무, 무슨 일이야!'

내 칼질에도 상처 하나 나지 않았던 크랄루의 단단한 껍질.

제대로 얻어맞은 듯 하얀 연기가 뭉게뭉게 피어오르고 있
었다.

그때 저 멀리서 날아오는 세 개의 그림자.

하늘을 날아오고 있었다.

그것도 만화에서나 본 것같이 엄청난 속도로 날아오는 이들.

'세를리아…….'

점점 가까워져 오는 그림자는 분명 세를리아 그녀였다.

그런 세를리아와 함께 돌진해 오는 이는 쌍둥이 상급 마족이었다.

Chapter 15

최상급 마족의 힘과 똥집

마계
대공
연 대 기

크라라라라라라라!

쿠라라라라라라라라!

새로운 적이 나타나자 합창을 하듯 아가리를 벌리고 흉포한 괴성을 터뜨리는 크랄루들.

보이지 않았지만 마족들에게 쥐약 같은 혼돈의 마력이 발산되고 있음이 피부로 생생히 감지되었다.

'기회다!'

그리고 그 순간 나는 머리통을 냄새나는 크랄루 주둥이에 집어넣지 않아도 됨을 퍼뜩 깨달았다.

크라라라라라라라라라라라라라!

날아오는 적을 향해 힘껏 혼돈의 마력을 발산하는 크랄루 대장 놈.

타다다닥.

놈의 눈길을 피해 뒤편으로 힘껏 내달렸다.

덩치가 큰 놈이 정신까지 팔고 있기에 가능한 일.

차작.

물론 도망가는 와중에 바닥에 떨어진 마족 병사의 마력검 하나를 집어들었다.

콰앙! 콰앙! 콰앙!

그 와중에도 사정없이 터져 나오는 폭발음.

급이 달랐다.

병사 급인 중급 마족들과 차원을 달리하는 상급 이상의 마족들.

상대가 안 되는 대장 크랄루 놈에게서 벗어나면서 주위를 돌아볼 여유가 생겼다.

'와우!'

중급 이하 마족들이 크랄루들이 내뿜는 혼돈의 마력 음파에 추풍낙엽처럼 쓸렸건만, 거의 타격을 입지 않는 세를리아와 쌍둥이 상급 마족.

다만 세를리아와 달리 상급 마족들의 몸뚱이가 대장 크랄루의 음파에 움찔거리는 모습이 가까이 다가오자 보였다.

하지만 그렇게 심각해 보이지 않는 모습.

'진작 좀 나올 것이지. 지들이 무슨 영화 속 주인공 캐릭터야!'

병사들이 아작나고 있건만 느긋하게 출동한 세를리아와 상급 마족들.

화가 치밀어 올랐다.

마족들은 그렇다손 치더라도 소환수 주인이면 주인답게 나를 보호해야 하는 것 아닌가.

길 가다 주운 똥개도 이런 취급은 받지 않을 참이었다.

그런데 방목형 들개처럼 내팽개쳐진 신세.

마계에서는 소환수도 자기 한 몸 정도는 스스로 구원할 수 있어야 사랑받는(?) 소환수 취급을 받는 것 같았다.

쉬이이이이이이익.

퍼어어어어엉! 퍼어어어엉!

그 와중에도 하늘을 가르는 농구공보다 조금 큰 푸른 마력탄.

'저렇게도 마력을 사용하는구나.'

놀라웠다.

대포알 같은 마력탄뿐만 아니라 온몸에 마력을 갑옷처럼 두르고 있는 상급 마족들.

터미네이터에 등장하는 변형액체금속같이 보였다.

코피론을 상대할 때 두르던 마력 실드와 다른 모습.

전투 시에 발현되는 마력 갑옷인 것 같았다.

크라라라라라라라라라라!

그에 대응하는 크랄루 무리들.

이제는 10미터 거리까지 다가온 세를리아를 향해 마력 음파 공격을 퍼부었다.

'이 새끼들. 천하의 강찬우를 개뼈다귀 취급했다 이거지!'

강적들의 등장에 나에게 전혀 신경을 쓰지 않는 크랄루 무리들.

그중에 등판을 보이고 있는 한 놈이 보였다.

꼬리침을 팽팽히 세우고 성난 사냥개처럼 하늘에 떠서 공격을 퍼붓는 마족을 보는 놈.

나를 개무시한 놈들에게 복수해야 직성이 풀리는 이 순간.

마력검에 내공을 담았다.

파앗!

전구에 불이 들어오듯 힘차게 마력의 빛을 뿜어내는 마력검.

"먹어라, 왕똥집!"

내 눈에 확연하게 보이는 마계 전갈의 똥집.

마력검의 살벌한 기세에 고개를 돌리는 놈.

푸우욱!

깊숙이 전갈 똥집을 파고드는 마력검.

"……."

쿠라라라라라라라라라라라라라!

잠시간의 침묵 후 죽어라 비명을 토하는 놈.

후두두두둑.

대장은 무리일지라도 똘마니들에게는 통하는 나의 힘.

잔인하지만 그대로 놈의 똥집 부근을 난자질했다.

촤아아아아악!

"으헛!"

예민한 똥집이 잘려 나가자 녹색 체액이 왈칵 쏟아져 나왔다.

아직 덜 소화된 그 무엇과 함께 질퍽한 액체를 토하는 똘마니 크랄루.

쿠웅.

비명을 지르던 것도 잠시, 똥집이 작살난 채 거대한 몸뚱이를 바닥에 눕혔다.

'움하하하하하하하하하!'

당하고는 못 사는 내 까칠한 성격.

한 놈을 골로 보내자 가슴팍이 시원해졌다.

그렇다고 대놓고 웃는 멍청한 짓은 하지 않았다.

쿠라라라라라라!

‘응?’

자신의 가죽에 상처를 내는 상급 마족들에게 화가 잔뜩 나 있는 대장 크랄루.

갑자기 놈의 몸에서 엄청난 기의 파장이 느껴졌다.

‘위험하다!’

무언가 터질 것 같은 분위기.

타다다다다닥.

다리를 움직여 최대한 놈에게서 도망을 쳤다.

촤아아아아아아아아아!

놈의 농구장만 한 배가 출렁이더니 주둥이가 확 하고 벌어지며 쏟아지는 그 무엇.

음파 공격은 아니었다.

말로만 듣던 드래곤이 브레스를 뿜듯 동그란 파장을 만들어내며 근접한 세를리아와 상급 마족을 향해 퍼지는 엄청난 숫자의 검은 파장.

파아아앗!

그에 맞서는 세를리아.

갑자기 그녀의 몸에서 네 장의 푸른 날개가 솟아나는 것이 보였다.

‘헉! 처, 천사?’

하지만 그림 속의 천사 모습은 아니었다.

형체가 있는 날개가 아닌 마력이 모여 만든 것 같은 푸른 날개.

그곳에서 어마어마한 힘이 만들어지더니 그대로 날아오는 검은 파장에 부딪쳐 갔다.

파사사사사사사사삭.

요란한 굉음은 없었다.

맞부딪친 곳에서 폭풍 부는 날 나뭇잎이 흔들리는 듯한 소리가 사사삭거리며 들려왔다.

지이이이이이이잉!

'어, 엄청나다!'

태극선기공 덕분에 자연의 기감에 민감한 나.

맞부딪쳐 싸우지 않았지만 허공을 격하고 두 존재가 내공 싸움에 들어갔음을 알 수 있었다.

혼돈의 검은 마력과 세를리아가 만들어내는 최상급 마족의 마력 대결.

치이이이이이이이이익.

한참을 허공중에서 맹렬하게 부딪치다가 천천히 세를리아 쪽으로 힘의 파장이 옮겨갔다.

마계를 좌지우지하는 최상급 마족도 버거운 대빵 크랄루의 무식한 혼돈의 마력.

손에 힘이 바짝 들어갔다.

세를리아가 무너지면 더 이상 희망이 존재하지 않는 현실.

'누나는 할 수 있어!'

마음속으로 힘껏 '파이팅 누나'를 외쳤다.

치이이이이이이이이이이익.

하지만 희망과는 다르게 점점 밀리는 세를리아.

덩치 큰 크랄루답게 소유하고 있는 마력의 힘이 장난이 아닌 것 같았다.

'저 새끼 몸에 내단이라도 있는 거야?'

도사 할배들 대부분이 약초나 영물에 대하여 잘 알고 있었다.

비싼 산삼만 처먹는 수백 년 산 날아다니는 백사를 잡았다는 어느 도사 할배 사부의 이야기.

백사를 잡아 가죽을 벗기니 달걀만 한 내단이 나왔고, 그걸 원샷하시고 환골탈태에 이어 얼마 지나지 않아 우화등선까지 이루었다는 전설의 고향 같은 구라를 그 도사 할배가 말했었다.

그리고 엄청난 마력을 뿜어내는 크랄루 대장 놈을 보니 문 뜩 저놈 몸에 내단이 있는 것은 아닌지 의구심이 들었다.

치이이이이이이이이이익!

'헐… 위험한데.'

세를리아가 등장할 때 크랄루 놈이 통구이가 될 것이라 생각했다.

마족에 대해서 잘 알지는 못하지만 마계를 다스리는 지배계층인 최상급 마족이라면 이 정도 물건들쯤은 알아서 묵사발 만들 줄 알았다.

그러나 예상이 비껴갔다.

처음에는 기세 좋게 공격하더니 점점 수세에 몰려가는 세를리아.

크랄루 대장이 만들어내는 검은 마력 브레스에 상급 마족들도 접근하지 못하고 있었다.

'……!!!'

그때 내 눈에 들어오는 한 장면.

세를리아를 상대로 변비 걸린 할매처럼 힘을 주고 있는 대장 크랄루.

놈을 보호하기 위하여 마족들을 노려보는 똘마니 크랄루들 사이로 놈의 한곳이 눈에 들어왔다.

'똥집!'

그러했다.

방금 전 확실하게 쑤셔보았던 크랄루 똥집.

워낙 위급한 순간이었기에 똘마니들도 결투를 지켜보고 있었고, 그 사이로 힘주고 있는 대장 크랄루의 똥집이 거대한 항아리 크기로 벌어져 있는 것이 보였다.

'더러운데… 쩝.'

무언가 도움을 주지 않으면 안 될 것 같은 상황.

다행스럽게 나를 발견하고 달려들다 장렬하게 똥집이 터져 죽은 똘마니 크랄루 말고는 나를 주목하는 놈들이 없었다.

'그래, 이런 때는 어쩔 수 없지. 팀 플레이가 따로 있겠어.'

특전사 훈련 때 귀가 따갑게 들었던 팀 플레이.

검을 움켜잡았다.

앞으로 몇십 초도 못 버틸 것 같은 세를리아.

그녀의 몸에서 솟아난 파란 날개가 희미해지고 있었다.

'합!'

가볍게 마음속으로 기합을 질렀다.

놈들의 소굴에 다시 기어들어 가는 것이 마음에 걸렸지만 다른 방책이 없는 이 순간.

타앗!

자리를 힘차게 박찼다.

그리고 포신에서 발사된 탄환처럼 놈의 벌렁거리는 항아리 모양의 똥집을 향해 그대로 폭사해 갔다.

"……!!!"

일격필살의 기세로 달려가는 내 모습을 발견한 후방에서 망을 보는 크랄루.

놈의 눈동자에 당혹스러움과 의문이 가득 담겨 있는 모습
이 보였다.

'뭘 봐, 새꺄! 먹물을 쪽 빨아 버릴라!'

대장 놈의 똥집과의 거리는 약 10미터.

덩치 큰 크랄루들이 아무리 재빠르다지만 아직까지 내 의
도를 정확히 파악하지 못하고 있었다.

"간다!"

그리고 어느새 도달한 대장 크랄루 똥집.

마지막 안간힘을 쓰고 있는지 항아리 똥집에 단단히 힘이
들어가 있었다.

푸욱!

내 검을 기세 좋게 팅겨내던 놈의 가죽과는 확연히 다른 무
언가 박히는 느낌.

슈욱.

똥집 가죽을 해체하고 그 속으로 파고드는 내 몸뚱이.

"흡!"

숨을 참았다.

눈도 감았다.

그러나 손에 힘은 더하였다.

물컹.

왈칵.

똥집 근육이 손상된 듯 물컹거리는 피부에 와 닿는 내부 살점의 느낌.

그리고 정체 모를 크랄루 대장 놈의 체액.

'똥은 똥이고 물은 물이로다!'

갑자기 생각나는 어느 스님의 명대사.

이왕 시작한 바 끝장을 내지 않으면 강찬우가 아닌 법.

쑤시고 들어간 검에 더욱 내공을 끌어올렸다.

좌아아아아아아악!

거침없이 갈라지는 크랄루의 내부.

쿠라라라라라라라라라라라라라라라라라라!

지금껏 들어본 적 없는 크랄루의 처절한 울부짖음.

'너 새끼야, 사람 잘못 봤어! 썅!'

내공을 수련한 이후로 폐 기능도 좋아져 한참 정도는 숨을 참을 수 있었다.

독하지 않으면 남자가 아닌 법.

숨 꽉 참고 무자비하게 놈의 똥집을 잘게 다져 갔다.

쉬이이이이익.

콰아아아아아아아아앙!

그러던 어느 순간 갑자기 벼락을 맞은 듯 놈의 몸뚱이에서 느껴지는 거대한 충격파.

"컥……."

나도 모르게 입이 벌려지며 신음이 흘러나왔다.

바라는 바는 아니었지만 놈과 나는 지금 일심동체인 상황.

놈의 충격이 내 충격이었다.

콰아아아아아앙! 콰아아아아아아앙!

쿠라라라라라라라라라라라라!

연달아 터지는 충격파.

아마도 세를리아가 기세를 몰아 대장 놈을 아작 내고 있음이 분명하였다.

'누님! 저 여기 있어요~!!!'

어느 정도 성과가 있음이 확인된 순간.

소환주인 세를리아에게 텔레파시를 보내며 급히 들어왔던 공간으로 몸을 돌렸다.

하지만 들어올 때는 쉬웠지만 나갈 때는 녹록하지가 않았다.

고통에 몸부림치는 놈의 움직임에 내부의 근육이 놀랐는지 내 몸을 더욱 옥죄어왔다.

잘못하다가는 놈의 똥집 속에 갇혀 유명을 달리할 판.

죽어서 염라대왕 앞에서 크랄루 똥집 속에서 난동 부리다 똥집 근육에 목 졸려 죽었다고 말하기는 죽기보다 싫었다.

있는 힘껏 힘을 모았다.

그리고 사정없이 천장 부근을 향해 마력검을 내질러 갔다.

콰아아아아아아아앙!

퍼어어어어어어억!

세를리아가 날린 마력 파장을 견디지 못하고 머리통이 산산이 부서져 나가는 여왕 크랄루.

"아!"

"크랄루 수컷들은 저희가 처리하겠습니다!"

팽팽하던 세를리아와 크랄루 여왕의 대결을 바라보던 상급 마족들.

감히 자신들도 끼어들 수 없었던 마력 대결에서 세를리아가 승리를 거두자 탄성을 터뜨리며 마력검을 빼어 들었다.

가장 위험한 여왕 크랄루가 세를리아의 마력에 격중당해 무력해지는 이 순간.

힘이 한참이나 모자란 수컷 크랄루 정도는 상급 마족들에게 아무 방해도 될 수 없었다.

파아앗!

하늘 위에서 그대로 지상으로 강림하는 상급 마족들.

"죽어!"

"감히 이놈들이!"

마물 주제에 자신들의 주군을 위기에 빠뜨렸던 놈들을 향해 살벌한 살기를 날리는 상급 마족들.

파란 마력이 넘실거리는 검으로 사정없이 크랄루 몸뚱이를 베어갔다.

서걱!

크라라라라라라라라!

쿠라라라라라라라라라라!

자신들을 보호하던 여왕 크랄루가 무기력해지자 전투 의지가 한없이 꺾인 수컷 크랄루들.

퍼버버버버버버벙!

상급 마족들의 분노에 찬 일격에 온몸이 터져 나가기 시작했다.

'어디에 있지…….'

지치고 힘들었다.

아직 각성하지 못한 자신의 못난 능력에 성에 살던 병사들 상당수가 목숨을 잃었다.

물론 태어나서 죽을 때까지 전투만을 위해서 살아가는 마족들의 삶이었기에 크게 슬프지는 않았다.

하지만 비각성 최상급 마족으로서 느끼는 분노.

그리고 최상급 마족으로서 다하지 못한 책임감이 세를리아의 심장을 아리게 만들었다.

'응?

인간 소환수 카르얀을 찾았다.

분명 자신이 전투에 끼어들 때까지 살아 있던 소환수.

그를 찾던 세를리아의 마력 기감에 소환수의 마력 파장이 감지되었다.

그런데 문제는 그 위치가 대가리가 터져 죽은 여왕 크랄루의 몸통 안이라는 것.

"주… 죽은 건가……."

놈의 몸통에서 감지되는 이유라면 단 하나.

여왕 크랄루가 통째로 씹어 먹었다는 소리였다.

하지만 뭔가 이상했다.

최상급 마물도 아니면서 죽은 뒤에 이렇게 마력을 뿜어낼 수는 없는 법.

세를리아가 크랄루 몸뚱이 위로 내려왔다.

크랄루가 나타나기 전까지 자신에게 새로운 요리법을 선사하며 즐거움을 주던 카르얀.

더욱이 자신이 이름을 지어준 소환수였기에 세를리아는 무언가 허전함을 느꼈다.

미동을 멈춘 크랄루 여왕의 몸뚱이 위에 착지한 세를리아는 인간 소환수의 마력이 느껴지는 곳에 시선을 두었다.

쿠우웅, 쿠우웅!

"……?"

그때 갑자기 발밑에서 울리는 진동음.

콰직!

세를리아가 서 있는 곳 앞쪽 크랄루 가죽을 뚫고 솟아 나오는 한 자루 마력검.

콰드드드득.

갈라졌다.

여왕 크랄루가 강한 이유는 몸에 품고 있는 혼돈의 마력을 가죽까지 보내 방어하는 데 이용할 수 있는 능력이 있기 때문이었다.

하지만 죽은 뒤에는 그런 마력의 힘이 떨어지고 가죽 또한 약하게 변한다.

그런 가죽이 확 하고 갈라지며 등장하는 마력검.

촤아아아악.

마력검뿐만이 아니었다.

녹색 피와 거품으로 얼룩진 채 나타나는 한 남자.

"에퉤퉤퉤퉤!"

가죽을 뚫고 나온 남자는 침을 뱉으며 손으로 얼굴을 문지르기 바빴다.

"뭔 놈의 몸뚱이가 이렇게 커. 나오다 길 잃을 뻔했네. 썩을……."

등장하자마자 걸판지게 욕을 퍼붓는 존재.

"푸웃……."

세를리아 입에서 자신도 모르게 터져 나오는 작은 실소 하나.

'설마.'

그리고 갑자기 번뜩 스치는 방금 전의 위험한 상황.

혼돈의 마력으로 자신을 죽음의 위험까지 몰아붙이던 여왕 크랄루가 비명을 토하며 마력 브레스를 거둔 이유가 눈앞의 인간 소환수 때문이 아니었나 하는 생각이 들었다.

"어, 이 목소리는… 주인님?"

소환수가 자신의 웃음소리를 알아챘다.

스으윽.

손을 들어 소환수 앞에 대는 세를리아.

솨아아아아악.

발현되는 마력.

그리고 클리어 마법처럼 순식간에 거품과 피가 제거되는 소환수.

"감사합니다, 주인님."

자신의 몸이 깨끗해지자 상쾌한 표정을 지으며 세를리아의 얼굴을 빤히 바라보며 주인님이라 부르는 소환수의 모습.

당당했다.

다른 마족들이라면 감히 이렇게 대놓고 얼굴을 마주볼 수 없었다.

더욱이 소환수라는 존재는 쓰다가 재미없으면 소멸시켜도 되는 존재였다.

그런 소환수가 그 어떤 이보다 당당하게 자신을 보고 있었다.

씨익.

입가에 시원한 미소를 짓는 소환수 카르얀.

"아……."

세를리아의 부드러운 입술이 열리며 나직한 탄성이 터져 나왔다.

지금껏 보아왔던 그 어떤 마족 남성체보다 믿음직스럽고 당차 보이는 인간 소환수의 모습.

갑자기 가슴이 벌컥거리며 뛰는 것이 느꼈다.

그리고……

스르르륵.

몸에서 힘이 빠져나갔다.

각성되지 않은 상태에서 무리하게 에테르 윙을 사용한 대가.

온몸이 텅 비어가는 무력감에 세를리아는 정신을 놓아갔다.

"헛!"

귓가로 꿈결처럼 들려오는 카르얀의 놀란 목소리.

덥석.

자신의 몸이 무언가의 따스한 손에 의하여 안겨지는 감촉.

기분이 좋았다.

따스한 무언가가 접촉된 피부 사이로 감지되었고 세를리아는 편안하게 눈을 감았다.

어릴 적 안겨보았던 아버지 마황의 넓고 큰 품에 안긴 것처럼……

Chapter 16

크라니크의 경고

마계
대공
연 대 기

사르르르륵.

별과 달들 사이로 바람이 불어왔다.

그런데 죽을힘을 다해 생사에서 빠져나오자 마족 미소녀 세를리아가 내 품에 안겨 쓰러져 버렸다.

'예쁘다……'

크랄루 대장을 골로 보낸 것이 마음에 들었는지 입가에 미소를 지으며 내 품에 쓰러진 마족 병약 미소녀 세를리아.

별들의 축복을 듬뿍 받은 그녀의 새하얀 뺨은 눈동자에 빨려들 듯 들어와 영혼에 각인되었다.

'역시 사람은 열심히 살아야 한다니까.'

불과 몇 분 전까지만 해도 생사의 기로에 섰었지만 열심히 죽음을 물리치고 났더니 하늘에서 뚝 떨어진 복덩어리.

모태솔로의 저주가 한스러웠지만 점점 저주가 사라지는 기운을 느꼈다.

접촉이라는 것을 할 수 없었던 여자 사람.

모용미미와의 만남을 시작으로 꽃사슴 같은 여학생들과의 짧은 추억, 그리고 마족 미소녀 세를리아와의 이런 접촉까지.

소환수라는 것이 불만이었지만 로맨스 소설 주인공처럼 기절한 미소녀를 품에 안고 아름다운 밤하늘을 함께하는 이 기분.

'캬아……'

소주를 마시지 않아도 절로 가슴이 후끈 달아올랐다.

퍼어어어엉!

쿠라라라라라…….

마지막 남은 크랄루의 몸뚱이를 무식하게 반쯤 날려 버리는 쌍둥이 상급 마족.

"헛!"

"주, 주군!"

대장 크랄루 위에 서서 세를리아를 안고 있는 나를 발견하고 기겁하였다.

팟!

그리고 거짓말처럼 번쩍하며 내 앞에 나타나는 두 명의 마
족.

"무슨 일이냐!"

"네, 네놈이 무슨 짓을……."

'이 아저씨들은 왜 이렇게 흥분해? 눈깔은 장식으로 달고
다니나. 쯧쯧.'

"보면 모르쇼. 갑자기 쓰러진 것을 내가 붙잡고 있지 않
소."

무슨 깡인지 몰랐다.

감히 하급 마족들은 눈을 들어 마주할 수도 없는 상급 마족
에게 삐딱한 단어들이 튀어나왔다.

"……."

나의 일격에 벙찐 표정을 짓는 쌍둥이 마족들.

아마도 이런 일은 처음 당해보았으리라.

힘이 지배하는 마계에서 일개 소환수 따위가 하늘 같은 상
급 마족에게 말을 놓는 행위.

봄철에 머리에 꽃 꽂고 나비 쫓아다니는 정신 놓은 마족 아
니면 절대 있을 수 없으리라.

"비키시오."

대장 크랄루를 처리하는 혁혁한 공을 세운 자신감인지 당

당하게 상급 마족들에게 비키라 명했다.

"어, 어디로 모셔가는 것이냐!"

"보기 싫음 당신이 데리고 가쇼! 대장 크랄루가 누구 때문에 죽었는데 그 공도 모르고……."

"헉! 그럼 네가……?"

이제야 머리가 돌아가는 상급 마족들.

"내 덕분에 만수무강하신 줄 아시오. 내가 죽을힘을 다해 대장 크랄루 똥, 아니, 뱃가죽을 가르지 않았다면 지금 이렇게 서 있을 수도 없었을 것이니."

차마 똥집을 뚫고 들어가 일조를 했다는 말은 할 수 없었다.

휘이익.

'햐아, 여자 몸이 이렇게 가볍네.'

난생처음 품에 가득 안아본 여인의 몸.

마족 여인이었지만 지금 이 순간은 죽어서도 잊지 못할 아름다운 첫 추억이었다.

턱.

저벅저벅.

넘어져 쓰러졌지만 그래도 지상 5미터는 훨씬 넘는 곳에서 세를리아를 안고 뛰어내렸다.

내공이 진일보했는지 전혀 충격도 없었기에 걸음을 옮겨

멀리 보이는 세를리아의 막사로 향했다.

지금 이 순간은 누구도 빼앗아갈 수 없는 병약 마족 미소녀의 보호자.

남자로 태어난 보람이 확 느껴지는 순간이었다.

사라라라락…….

그리고 불어오는 밤바람.

세를리아의 검은 비단 같은 머리칼이 어느새 날려와 내 얼굴을 간질이고 있었다.

"감사합니다, 카르얀님."

말과 함께 깊숙이 고개를 숙이는 베시스토.

자신을 살리기 위하여 내가 최선의 노력을 다했음을 알고 있었다.

그런데 차원이 달랐다.

크랄루의 습격을 받기 전에는 나를 윗사람으로 대하는 것이 조금은 어색했지만 이제는 전혀 그런 느낌을 받을 수가 없었다.

'다들 왜 이러나…….'

베시스토뿐만 아니었다.

다른 하급 마족들도 나를 대하는 모습이 확 달라져 있었다.

마치 상급 마족을 대하듯 조심스럽고 경건하기까지 한 하급 마족들의 모습.

'중급 마족들도 확연히 달라져 있었지……'

중급 마족 병사들이 나를 보는 시선도 변해 있었다.

처음에는 소환수 취급하며 나를 개무시하던 그들이었건만, 어제 크랄루 전투 이후로 나를 대함에 조심성이 넘쳤다.

"베시스토, 갑자기 다른 마족들이 왜 이렇게 나를 보는 거야? 마치 내가 상급 마족이라도 되는 것처럼 말이야."

확인하고 넘어가야 할 문제였다.

"당연한 일이지 않습니까?"

"응?"

"카르얀님이 어제 보이신 능력은 중급 마족들을 넘어서지 않으셨는지요. 더욱이 중급 마족 병사들도 처리 못하는 크랄루를 처치하는 모습은 모든 마족들이 보았습니다. 앞으로 카르얀님은 상급 마족 대우를 받으실 것입니다."

"헐……."

갑작스럽게 이뤄진 신분 상승.

중급 마족도 아니고 상급 마족이라면 어마어마한 위치였다.

세를리아의 성에서 단둘밖에 없는 상급 마족.

그런 상급 마족과 같은 신분이라면 거의 21세기 장관급에 해당하였다.

'흐흐. 그렇다 이거지.'

역시 인생은 한 방이었다.

생각지도 못한 계급 상승.

어깨가 활짝 펴지는 순간이었다.

"내가 인간이어도 상관없는 것인가? 더군다나 난 소환수인
데……."

인간의 상식으로는 쉽게 넘어갈 수 없는 부분이었다.

노예가 힘 좋다고 장군이 될 수는 없지 않은가.

"다른 소환수라면… 불가능했을 것입니다. 하지만 카르얀
님의 외모는 최상급 마족님들과 하등 차이가 없을 뿐만 아니
라, 주군께서 직접 이름을 하사하신 존재이십니다. 앞으로도
그런 문제로 시비를 걸 마족들은 없을 것입니다. 주군의 성에
서는 말입니다."

'이름을 받는 게 그렇게 중요한 일인가?

물론 사람에게 이름은 중요했다.

어느 씨족으로 출발하여 아버지, 어머니로부터 물려받는
이름이라는 간판.

하인들이나 쓰는 개똥이나 깨순이 이런 이름은 격이 떨어
지는 것은 사실이었다.

하지만 21세기에서는 이름 자체로 신분을 판단하지는 않
았다.

아버지가 대통령이었다고 아들이 태어나자마자 장관이나 장군이 되는 것은 아니지 않는가.

"세를리아님께 이름을 받은 일이 그리 중요한 일인가?"

"…모르고 계셨군요."

내 말에 할 말을 잃었다는 표정을 짓는 베시스토.

'알 기회나 줬나.'

어떻게든 한목숨 부지하고자 동분서주했던 지난 한 달이 조금 넘는 시간.

언어를 습득하는 데도 죽을힘을 다했었다.

다행스럽게 지구와 달리 하루라는 시간이 한참이나 길었기에 가능했지만 말이다.

"어떤 이에게 이름을 받는가에 따라 마신 카르베트야님의 축복이 달라집니다. 각성 시기도 달라질뿐더러 각성 후에도 힘의 차이가 엄청나게 납니다. 이름을 주신 이가 상급 마족이면 하급 마족이라도 각성 이후 단숨에 상급 마족이 될 수도 있습니다. 그러나 상급 마족의 핏줄이라도 하급 마족에게 이름을 받는다면 각성 능력이 미약하여 하급 마족으로 전락할 수 있습니다."

'오호, 그런 멋진 이유가.'

물론 나에게는 해당 사항이 없었다.

내가 마족도 아니고 각성할 일이 뭐가 있겠는가.

단지 뽀대가 날 뿐이었다.

"그리고… 후계자가 될 수 있습니다."

"응? 후, 후계자?"

뒤를 잇는 조심스러운 베시스토의 한마디.

"카르얀님은 최상급 마족이신 주군께서 이름을 허락하신 이. 만약 주인님의 유고 시나 계급 변동 시같이 영향을 받게 되십니다. 그것도 제가 알기로 첫 번째로 이름을 받으셨다면 그 영향력은 실로 대단하다 할 것입니다."

'이건 또 뭔 소리야?

양파 껍질을 벗기듯 알아도 알아도 모자란 마계 법칙.

말은 알아듣겠지만 쉽게 이해는 가지 않았다.

"더군다나 주군께서는 마황님의 정식 후계자가 되실 수 있는 마황님으로부터 이름을 받은 분이십니다. 그런 주군께 이름을 받으셨다면 후에 주군이 마황님이라도 되는 날에는 마왕 급의 대우를 받으실 수 있을 것입니다."

"켁……."

말도 안 되는 말이었다.

만약 세를리아가 마황이 된다면 이 강찬우가 말로만 듣던 사악함의 대명사 마왕이 될 수도 있다는 말.

아버지가 알면 호적에서 이름을 파낼지도 모를 일이었다.

'그런데 마황은 그렇다 치고, 마왕은 또 뭐야?

기초 지식이 많이 부족했다.

"저, 마황님은 알겠는데 마왕님들은 또 누구신지……."

"……."

내 물음에 벙찐 눈으로 바라보는 베시스토.

'씨이, 넌 자동차 알아? 기차의 기 자도 모르면서.'

모르는 것이 죄는 아니지 않은가.

더욱이 이곳은 내가 놀던 바닥이 아닌 마계라는 곳.

모든 것이 낯설기만 하였다.

"마황님은 아시니 다행이십니다."

사람 좋은 베시스토.

내 물음에 벙찐 표정을 지우고 친절한 미소를 지었다.

"큼큼."

멋쩍은 내 헛기침 소리.

"마왕님들은 마황님을 보좌하시는 사대장로님을 지칭하는 말입니다. 다른 최상급 마족들 중에서도 마왕님들의 위치는 더 위에 있다 할 수 있습니다. 실력 또한 뛰어나 마황님 말고는 감히 상대할 수 없는 분들이십니다. 또한 마황님의 부재시에는 마계를 대표하는 분들이시기도 합니다."

'오오! 끗발 좋은데.'

한마디로 말하자만 황제가 임명한 무슨무슨 왕 정도 되는 위치.

옛 중국에서는 황제의 아들들이 대부분 그런 왕의 칭호를 받은 것으로 알고 있었다.

"앞으로 잘 부탁드리겠습니다. 이 베시스토, 처음 볼 때부터 카르얀님이 평범하지 않으신 이라는 것을 알고 있었습니다."

'애 사람 볼 줄 아네.'

마계에서 최초로 나를 인정해 준 마족.

말만 잘 들으면 내 최대한 이뻐해 주리라 마음먹었다.

"그건 그렇고, 이 검은 안 돌려줘도 되는 거야?"

어떤 중급 마족의 검인지는 몰라도 내 손에 아직 들려 있는 마력검.

내공이 들어가지 않자 문양이 빛을 잃고 평범한 검처럼 보였다.

"누구에게요?"

"……?"

내 물음에 '누구에게요' 라고 묻는 베시스토.

"그, 그야 이 검의 주인이지."

"주인은 카르얀님이시지 않습니까?"

"내가? 아닌데. 난 그저 땅에 떨어진 검이 눈에 들어와 싸웠을 뿐이야. 이제 전투가 끝났으니 돌려줘야지."

"안 돌려주셔도 됩니다. 그 검의 주인은 카르얀님이십니

다. 아마 그 점은 누구에게나 물어도 똑같은 대답일 것입니
다.”

　‘이 무슨 도둑놈 심보 같은 발언인가.’

　나도 사람인지라 좋은 물건을 보면 욕심이 났다.

　하지만 그렇다고 해서 임자 있는 물건을 거저 얻는 그런 파
렴치한 놈은 아니었다.

　그래도 명색이 아버지가 다른 이들에게 존경받는 훌륭한
군인이지 않는가.

　“ ‘능력있는 자만이 모든 것의 주인이다’. 마신 카르베트야
님의 10계율 중 한 구절입니다. 그리고 카르얀님은 그런 능력
을 획득하셨습니다. 더욱이 마력검이 거부하지 않고 받아들
였다는 것은 이미 검이 스스로 주인을 인정했다는 의미입니
다.”

　“……”

　이런 멋지고 아름다운 세상(?)은 처음이었다.

　깡패들이 왔다면 신이 허락한 축복의 땅이라고 외쳤을 마
계.

　‘그럼 이제부터 내 것이란 말이야?

　믿기지 않았다.

　내 손에 들려 있는 두툼한 검신을 자랑하는 마력검.

　한눈에 봐도 돈 좀 될 것 같은 마력검이 내 소유가 됐다는

것이 믿기지 않았다.

"베시스토."

"네, 카르얀님."

"마력검이 거부한다는 말이 무슨 뜻이야? 이 검이 살아 있기라도 하단 말이야?"

"물론입니다. 마력검은 마정석이 들어 있는 검입니다. 한 번 주인으로 각인된 존재가 아닌 다른 이가 손을 댈 시에는 검 스스로 능력을 떨어뜨려 버립니다. 그렇지만 검이 거부하지 않으면 상관없습니다."

'이런 싸가지있는 검 같으니라고……'

현대에는 도움을 준 놈에게 보따리 내놓으라고 하는 이들이 천지였다.

그런데 마계는 달랐다.

검조차도 주인을 알아보고 스스로 정조를 지킬 수 있는 의지가 있었다.

'후웃! 일단 사용해 주지 뭐.'

검이 없는 것보다 있는 것이 훨씬 좋았다.

언제 죽을 위험이 닥쳐올지 모르는 마계.

그동안 소홀했던 장백검술을 습득하기에 딱 좋은 기회였다.

'이제 거의 다 해체가 됐군.'

지난밤의 결전이 치러진 대지.

거대한 덩치를 자랑하던 크랄루들의 육체는 하급 마족들의 손길에 하나둘씩 껍질이 벗겨지더니 이제는 뼈까지 모두 분해가 되어 있었다.

베시스토에게 물어본 바에 의하면 저런 상급 이상 마물의 부산물은 사용할 곳이 무궁무진하다 했다.

단단한 가죽들은 마법 처리를 거쳐 가죽 갑옷으로 사용되었으며 단단한 뼈들은 무기를 만들거나 건축 재료로 사용되기도 한다 하였다.

'응?'

그때 나를 향해 다가오는 이가 눈에 들어왔다.

쌍둥이 상급 마족 중 한 명.

크라니크 베르다인 아모르라는 이와 크라우슈 베르다인 아모르라 불리는 상급 마족.

마족들 중에 거의 없는 쌍둥이라는 존재.

마족들은 태어날 때부터 쌍둥이를 인정하지 않는다고 했다.

뱃속에 있을 때부터 삶의 투쟁을 하기에 엄마 자궁에 있을 때 거의 한쪽이 사산되거나 소멸된다 들었다.

하지만 가끔 저렇게 태어나는 이들이 있다 하였다.

'크라니크군.'

내 앞에 이르자 확인되는 정체.

한쪽 눈에 쌍꺼풀이 없는 이가 크라니크라고 베시스토가 알려주었었다.

"크라니크님을 뵈옵니다."

상급 마족이 나타나자 두 손을 공손히 모으고 최대한 고개를 숙이는 베시스토.

절대 복종의 자세였다.

"카르얀과 할 말이 있다. 물러가라."

"명을 받드옵니다."

길게 말할 것도 없었다.

물러가라는 한마디에 답하고 그대로 물러서는 베시스토.

"주인님은 깨어나셨습니까?"

'하아, 상급 마족은 포스가 쩐다니까.'

어제의 객기를 부리고 싶은 마음은 없었다.

고독한 표정, 우수에 젖은 모델 같은 얼굴과 몸매를 소유한 크라니크.

여인처럼 기다란 머리를 단정하게 검은 실로 묶고 시크한 그의 분위기에 어지간한 여인들은 픽픽 쓰러질 참이었다.

더욱이 나보다 머리 하나가 더 큰 그의 떡 벌어진 어깨와 몸체.

상급 마족이 은연중에 흘리는 포스와 합쳐지니 압력이 장난 아니었다.

"깨어나셨다."

'참 대답 짧네.'

내 덕분이라는 칭찬까지는 바라지도 않았다.

하지만 묵묵한 인상을 쓰는 것은 할 말이 없게 만들었다.

"네……."

'더럽고 치사해서 최상급 마족이 돼버릴까?'

각성이 뭔지 모르지만 한번 도전해 보고 싶은 최상급 마족 자리.

나보다 최소한 수백 살에서 수천 살은 더 드셨을 할배들이지만 반말 찍찍 날리는 것은 가히 기분이 좋지 않았다.

"경고하러 왔다."

'엥? 겨, 경고?'

말도 짧았지만 본론 내용도 그에 못지않았다. 갑작스럽게 나타나 경고라는 말을 꺼내는 크라니크.

"말씀하십시오."

기가 질릴 내가 아니었다.

태연하게 말하라며 그의 검은빛에 가까운 진한 회색 눈동자를 보았다.

"네가 인간이든 소환수든 상관하지 않겠다. 단……."

내 눈동자를 차갑게 직시하는 크라니크.

“주군을 위험에 처하게 하지 마라. 그 점만 명심한다면 네 모든 행동을 인정해 주겠다.”

‘보디가드 교육 확실히 받았네.’

지구에 데려가 보디가드 사업하면 떼돈은 확실히 벌 것 같은 크라니크의 발언.

“알겠소이다.”

어느새 말투가 바뀌었다.

세를리아를 위험에 처하게 하지 않으면 네 모든 행동을 인정해 주겠다는 크라니크.

결코 사양하고 싶지 않았다.

“후후, 재미있는 인간이군. 감히 마족 앞에서 이렇게 태연한 존재는 들어본 적이 없구나.”

‘인간이라고 다 같은 인간이 아니라고. 난 개깡이 넘쳐 나는 지구산이라고.’

“하하. 나도 당신처럼 분위기 잡는 마족은 처음이오. 나에게 넘쳐 나는 모태솔로의 축복이 함께하기를 마신 카르베트 야님의 이름으로 축원하는 바이오.”

“……”

모태솔로의 축복이라는 말에 눈가에 의문이 번뜩 스치고 지나가는 크라니크.

“고맙다.”

하지만 마신의 축원이라는 말에 고맙다는 말을 꺼내는 그.

'흐흐. 고마울 것이다. 수천 년 동안 긴긴밤 혼자 잘 보내 보쇼.'

길고도 긴 마족의 생.

그에게 넘치도록 모태솔로의 저주가 임하기를 간절히 염원해 주었다.

Chapter 17
밤길 조심하쇼

마계
대공
연 대 기

마계
대공
연 대 기

"끼럇! 끼럇! 달려라!"

두두두두두두두두.

세상에 이렇게 재미있는 놀이가 또 있을 줄은 몰랐다.

어릴 적 처음 타보았던 세발자전거.

아버지가 퇴근하기 전까지 부대에 들어가 군바리 형아들이 밀어주며 달렸던 세발자전거의 엄청 빠른 스피드(?)를 생각나게 만들어주는 펠칸.

나에게도 이런 날이 올 줄 몰랐다.

다리가 여섯 개나 되는 펠칸의 몸에 홀로 앉아 달려보는 기분.

상쾌도 하였다.

'선무도하도가 이럴 때 도움이 되다니.'

신체의 기능을 극대화시키고 나아가 신선도에 들게 한다는 민족 고유 무예의 일종인 선무도.

그 수련 덕분에 몇 시간 타지도 않고 능숙하게 펠칸을 몰 수 있었다.

처음 올 당시에는 전투용 펠칸 숫자가 정확하게 맞아떨어졌지만 안타깝게도 크랄루의 전투 당시 마계 중급 병사 30여 명이 신의 품으로 돌아가야 했다.

그런 펠칸 중에 한 마리를 얻어 탈 수 있었다.

물론 살아남은 자들 중에도 중상자가 많았지만 이곳이 괜히 마계가 아니라는 것을 여실히 볼 수 있었다.

떨어진 팔다리 정도는 우습게 재생시켜 버리는 마력과 마법의 힘.

마족들 데리고 병원 응급실 차리면 초대박을 칠 것이 분명했다.

넘쳐 나는 마력으로 단기간에 원상 복구시키는 능력.

수술도 마취도 필요없는 원가 제로의 마법 치료.

전국에 지점을 차린다면 밥벌이를 빼앗긴 장의사나 외과 의사들에게 칼침 맞아 죽을 수도 있을 것이었다.

'배우고 말겠어. 모조리 다! 움하하하하하!'

사방에 돈 되는 것투성이였다.

아무리 21세기 첨단과학이 인간을 극도로 편하게 살게 도와주는 문명이라지만 마법문명 또한 21세기 못지않은 편리성을 주었다.

아니, 친환경 웰빙 차원에서는 감히 마법에 명함도 못 내밀 것이었다.

'마계도 살 만한 곳이야.'

이제는 그 누구도 나를 건들지 않았다.

하급 마족들 같은 경우는 나를 보기만 해도 서둘러 고개를 숙여왔고, 중급 마족 병사들도 눈이 마주치면 슬금슬금 고개를 돌렸다.

거기에다가 어제 처음 해봤던 사냥.

크랄루 같은 마물들은 그 이후 감히 나타나지 않았다.

놈의 몸뚱이에서 꺼낸 내단이라 부를 수 있는 작은 호박 같은 마령석이라는 존재.

예상했던 대로 그것에서 혼돈의 마력이 뿜어져 나왔고 그 마력의 파장에 마물들이 감히 나타나지 못하였다.

최상급 마족이나 상대할 수 있는 최상급 마물 크랄루 여왕.

그 누가 뭐라 해도 난 최상급 마물 슬레이어였다.

'호오! 저것들은 파피루!'

그때 저 멀리서 일단의 마수들이 나타났다.

마계의 닭고기라 불리는 파피루.

덩치는 타조보다 조금 컸고 스피드 또한 장난이 아닌 네 발 달린 마계의 닭.

며칠 사냥하는 동안 베시스토가 끊임없이 마수와 마물들의 정보를 알려주었다.

물론 그 정보 중에는 마계에 대한 기초상식도 포함되어 있었다.

'이제 저놈들만 잡으면 끝나는가.'

사냥은 대성공이었다.

어디서 튀어나오는지 몰라도 한두 시간 질주하면 마주치게 되는 대규모 마수 무리들.

사슴같이 생겨먹은 뿔 달린 1톤짜리 마수들도 있었고, 다리가 여덟 개인 나만 한 토끼 같은 놈들도 잡았다.

그것도 한두 마리가 아니라 나타났다 하면 떼거지로 나타나는 마수들.

잡아들이기 무섭게 하급 마족들이 해체를 하였고, 곧 대형 마차는 마법 보관 처리된 고기와 가죽들로 가득 차게 되었다.

그리고 오늘 아침 세를리아가 사냥 마지막 날이라 명령을 내렸다.

더 이상 사냥을 해도 보관할 수 없기에 내린 명령이었다.

'이번에는 내가 선두다!'

세를리아와 상급 마족들은 크랄루 사냥 이후로 전면에 나서지 않았다.

정확히는 알 수 없지만 내 품에 쓰러진 세를리아에게 무슨 문제가 있음이 분명했다.

그 이후로 사냥 시에는 중급 마족 병사들이 앞장을 섰다.

힘있는 자가 모든 것에 우선할 수 있는 마계.

서로 수장이 되기 위에 눈에 보일 정도로 힘 자랑이 장난이 아니었다.

가만히 있을 수 없었다.

사나이의 호승심을 자극하는 사냥.

천하의 강찬우가 마족 병사들 뒤꽁무니를 따라다닌다는 것은 있을 수 없는 일이었다.

'내공이 바뀌었다.'

결정적으로 이렇게 적극적으로 앞으로 나설 수 있는 이유는 크랄루 전투 때 마력검을 들고 싸울 때 깨달은 나의 힘.

변해 있었다.

이제는 걸으면서도 펼칠 수 있는 태극선기공.

지구에 있을 때와는 확연히 다른 마계의 기를 빨아먹고 진화해 있었다.

확실하게 어떤 경지인지는 모르지만 마물 크랄루의 가죽을 가를 정도로 화끈하게 진보한 나의 내공.

어깨에 힘이 들어갔다.

내공 안에 들어차 있는 전격의 힘도 있었기에 중급 마족 병사들은 만만하게 보였다.

'마법만 수련한다면 금상첨화겠지. 흐흐흐.'

마족에 비해 부족한 점도 있었다.

그것은 바로 단시간에 어찌할 수 없는 마법.

베시스토도 마법은 알고 있었다.

그러나 내가 마법을 가르쳐 달라고 하자 곤혹스러운 표정을 지었다.

마법은 처음 기초에 입문할 때 제대로 배워야 후에 장애를 만나지 않는다 하였다.

'마황성에 있는 테르드오라는 자에게 배우라 했지.'

아쉬워하는 나에게 베시스토는 마법을 배우려면 마황 휘하에 있는 테르드오에게 배우라 하였다.

마계의 모든 하급 마족들뿐만 아니라 상급 마족, 심지어 최상급 마족들에게도 마법을 가르친다는 테르드오라는 하급 마족.

마황 말고는 감히 그 누구도 그를 어찌하지 못할 정도로 마족들에게 인정받는 존재라 하였다.

차악!

두두두두두두두두.

마족 병사들의 선두로 치고 나가며 손에 마력창을 들었다.

마력검과 비슷하게 마력 증폭 마법이 담겨 있는 마력창.

파앗!

내공을 집어넣자 파랗게 창 전체에서 빛이 뿜어져 나왔다.

그리고 그 순간 창에 음각된 마법 문자.

이 모든 것도 마황성에 근무하는 테르드오와 그 제자들이 만들어 공급하는 물건이라 하였다.

꼬꼬꼬꼬꼬꼬!

부챗살 모양으로 달려드는 닭대가리 파피루.

역시나 마계 종자답게 돌격 앞으로밖에 몰랐다.

'잘 가, 치킨들아~!'

잠시 후 닥쳐올 생사의 폭풍.

가볍게 묵념을 날려주고 손에 힘을 주었다.

"타앗!"

힘찬 기합 소리.

쇄애애애애액.

손을 벗어난 뒤에 날아가는 빛살 같은 마력창.

쇄쇄쇄쇄쇄쇄쇄쇄액.

선두에 선 내가 마력창을 날리자 뒤따르던 마족 병사들의 손을 벗어난 창들이 하늘에 묘한 파공음을 만들어내며 화살비처럼 허공을 갈랐다.

차앙!

검집까지 얻어낸 나의 마력검.

가볍게 뽑혔다.

'빠라바라밤! 돌격 앞으로!'

검을 들고 닭대가리들에게 돌진하였다.

퍼버버버버버벅.

꼬끼오~!

창에 맞아 비명도 참으로 닭스럽게 외치며 장렬하게 삶을 마감하는 파피루.

두두두두두두두두두.

토도도도도도도도독.

살아남은 수천 단위의 무리 속에 뛰어드는 펠칸의 단단한 발걸음과 파피루의 경박스러운 걸음 소리.

촤아아아악! 촤아아아악!

그대로 달려오는 선두 파피루의 목을 갈랐다.

생명의 소중함을 모르는 바는 아니었지만 나도 먹고살아

야 할 판.

안타깝지만 전생에 파피루와 내가 쌓은 인연은 외나무다리에서 쌍칼 들고 만나야 할 원수가 분명하였다.

타닥, 타닥, 타다다닥.

이글이글 벌겋게 달아오른 숯덩이.

'흐흐흐. 다들 뭘 그렇게 보시나.'

숯덩이 사이로 차곡차곡 쌓여 있는 마계 진흙에 뒤덮인 거대한 파피루의 몸뚱이.

내장을 제거하고 마늘 맛이 강한 메이안을 속에 넣고 가죽실로 배를 꿰매었다.

그리고 마계 진흙으로 돌돌 말아 마법으로 순식간에 숯이 돼버린 장작 위에 놈들을 쟁여놓았다.

제법 손이 가는 일이었지만 하급 마족들을 부려먹는 재미가 쏠쏠하였다.

내 능력을 알고 있는 하급 마족들은 내 말 한마디면 갓 들어온 신병처럼 움직였다.

사실 양심의 가책은 조금 있었다.

여기 있는 하급 마족들치고 나보다 어린 영계는 단 한 명도 없었다.

최소 성년이 지난 이들이었기에 100년 이상은 어르신들.

하지만 어떡하랴.

이곳도 군대와 똑같이 계급이 깡패인 것을.

괜히 민주주의네 원로사상이네 하며 씨불이다가는 미친놈 소리 딱 듣기 좋은 마계.

그들의 룰대로 나는 충실하게 따를 뿐이었다.

"……!"

서서히 진흙과 비슷한 마계 흙이 갈라지며 김이 모락모락 피어났다.

그 모습과 나를 번갈아 바라보는 수백 명의 하급 마족들.

내가 요리를 할 때마다 아이돌 가수가 나타난 듯 서로 앞다투어 자리를 잡았다.

그리고 마계에 없는 요리를 선보일 때마다 감탄을 터뜨리며 나를 신처럼 바라보는 마족들.

특별할 것도 없었다.

요리할 때마다 향신료 마차에 가서 지구에서 먹어보았던 맛과 향을 비교하며 몇몇 것들을 요리에 즉흥적으로 첨가시켰다.

모양과 색은 달라도 맛과 향이 비슷하면 모두 재료로 사용했던 것이다.

물론 그 밑바탕에는 도사 할배들에게서 배운 약초학이 기본적으로 깔려 있었다.

산에서 나는 식물들 중에서 약이 되고 먹을 수 있는 특징들에 대하여 자세히 배워두었었다.

더군다나 혼자 음식을 해먹는 날들이 많기에 즉흥 요리에는 진작 도가 터 있었다.

'오늘도 꽃사슴이 즐겨 먹겠지.'

이제 내가 한 음식이 아니면 손도 안 대는 세를리아.

크랄루 습격 사건 이후로 무언가 말로 표현할 수 없는 친밀감이 몇십 배 늘어나 있었다.

연애 경험 전무한 나였지만 세를리아의 새하얀 볼과 눈동자를 볼 때마다 심장이 벌렁거리고 입술이 바짝 타 들어가며, 자꾸 눈길이 세를리아의 봉긋한 그 무엇으로 시선이 옮겨갈 때마다 머릿속이 뜨거워져 갔다.

말로만 듣던 연애라는 것.

평범한 인간 여자는 아니지만 그래도 얼굴과 몸매는 그지없이 착한 마족 병약 미소녀 세를리아.

그녀에게 애틋한 감정이 발생하고 있었다.

물론 나만 그러는 것은 아니었다.

예전과 달리 나를 바라보는 시선이 한없이 따뜻해진 세를리아.

가끔씩 무슨 생각을 하는지 내 눈동자를 보고 얼굴까지 붉히기도 하였다.

‘연애는 먹는 것에서부터 출발하는 거야.’

안드레야 김으로부터 철저하게 전수받은 연애 이론.

오늘도 내가 만든 음식을 먹고 행복한 표정을 지을 세를리아를 생각하며 입가에 미소를 지었다.

“다 익은 것 같으니 파피루를 꺼내도록. 흙이 부서지지 않게 조심해서 꺼내.”

짧은 인생 대부분을 군바리들과 생활한 덕분에 습관적으로 짧아진 말투와 명령조.

하급 마족들은 말이 떨어지기 무섭게 기대에 찬 표정으로 진흙들을 꺼내었다.

스스스스스스스.

‘오오!’

볼 때마다 신기한 광경.

마법이라고 딱히 거창한 제스처를 취하지 않았다.

이 정도 일은 마법도 필요없다는 듯 마력이 가득한 손을 뻗어 허공으로 진흙 덩어리를 사뿐하게 옮기는 마족들.

검술에서는 어떨지 몰라도 감히 내가 할 수 없는 마족들만의 특기였다.

“흙을 천천히 벗겨가도록. 살점 안에 흙이나 먼지가 들어가지 않게 조심하고.”

눈동자와 입으로 일을 진행시켰다.

투두두둑.

명령이 내려지자 뜨겁지도 않은 듯 다 식지도 않은 진흙을 조심스럽게 벗기는 마족들.

흙이 바닥에 떨어져 나갔다.

내장만 제거했지, 털도 제대로 뽑지 않은 파피루.

구워진 흙과 함께 파피루 털과 껍질이 순식간에 벗겨져 나갔다.

"와아……."

"이렇게도 요리를 할 수 있다니."

"비릿한 고기 냄새가 전혀 안 나!"

오늘도 감탄을 터뜨리며 놀라워하는 마족들.

'이 정도를 가지고 뭘 그러나.'

고수의 손에 목검만 들려도 쇠도 자른다 했다.

음식에 도가 튼 나에게 이 정도 일은 아무것도 아닌 것.

마족들의 존경 가득한 시선을 받으며 직접 손을 움직였다.

'전신 세맥이 열리니 상당히 편리하군.'

하단전보다 더 많은 내공을 수용하고 있는 전신 세맥.

세맥들이 개발되자 일상생활도 상당히 편해졌다.

어지간한 뜨거운 것과 차가운 것에 피부가 화상이나 동상을 입지 않았다.

좌아악, 좌아악.

털과 껍질이 벗겨진 파피루.

음식은 손맛이라는 말처럼, 아낌없이 손을 움직여 놈의 살점들을 분리해 갔다.

'이런 닭만 키우면 지구 식량 걱정은 할 필요도 없겠네.'

타조보다 세네 배 정도 크고 성장 속도도 빠른 파피루.

탐나는 마계 물건들 중 하나였다.

투두둑.

고기를 쟁반에 발라서 놓고 놈의 뱃속에 저장되어 있던 메이안을 꺼내었다.

'흐흐. 이게 바로 보약이 아니고 뭐겠어.'

여름에 입맛 없을 때마다 즐겨 먹던, 산삼을 넣은 삼계탕.

그 정도는 아니었지만 마계 마늘 메이안이 향긋한 냄새를 풍기자 시장기가 팍팍 돌았다.

"베시스토, 상급 마족님들께 가져다 드리고 나머지는 알아서 배식해."

"네, 카르얀님~!"

요즘 내 덕분에 신분이 급상승한 베시스토.

매일같이 내 요리를 배식하다 보니 어지간한 중급 마족 병사들도 베시스토 눈치를 보았다.

‘잘만 보여. 내가 상급 마족 안 부럽게 만들어줄 테니까.’

군대 용어 중에 이런 말이 있었다.

줄만 잘 선다면 별 다는 것은 일도 아니라고.

‘우리 꽃사슴이 좋아하겠지? 흐흐흐.’

사냥 기간이 끝나면 쉬지 않고 성으로 돌아갈 참.

이런 낭만적인 야영 생활을 언제 또 할 수 있을지 몰랐기에 꽃사슴에게 점수를 팍팍 딸 참이었다.

“카르얀, 그건 뭐야?”

“주군을 뵈옵니다!”

터더더덕.

고기 살점을 바르는 것에 집중하는 사이 어느새 나타난 세를리아.

마족들이 황급하게 부복하는 소리가 여기저기에서 들려왔다.

“주인님이 드실 새참입니다.”

“호호, 그래? 맛있겠다.”

쟁반을 들고 맑고 청명한 세를리아 목소리가 들리는 곳으로 몸을 돌렸다.

‘하아, 언제 봐도 예쁘단 말이야.’

아침 이슬에 젖은 작고 여린 연분홍 꽃망울 같은 세를리아의 모습.

나를 향해 싱긋 미소를 던지며 기대에 찬 시선을 보내고 있었다.

"식기 전에 드십시오."

지리산 도사 할배 집에 놀러 갔을 때, 갓 잡은 토종닭을 저렇게 진흙에 구워서 내온 적이 있었다.

물론 도사 할배들이 입맛 없을 때 고추장 찍어 먹는 산삼이 세트로 첨가된 것은 당연지사.

도사 할배들은 손님이 올 때 산삼주나 산삼탕 같은 것을 꺼내지 못하면 잡도사 취급을 받았다.

그때 느꼈던 감동.

죽음이었다.

산삼 향과 각종 약재 향으로 어우러진 여리디여린 토종닭의 부드러운 살점.

진짜 누가 옆에서 죽어도 모를 정도였다.

그런 감동을 선사하고자 준비한 이벤트.

아직도 고개를 숙이고 있는 마족들 앞에서 세를리아가 손으로 잘려진 고기를 집어들었다.

인간 세상으로 따지자면 최상급 마족은 이름만 대면 아는 대단한 집안 사람이건만 격식을 그리 따지지 않았다.

전투력을 최대의 미덕으로 삼는 마족 미소녀 세를리아.

조그맣고 붉은 입술에 고기 한 점을 집어 넣어갔다.

'흐윽… 부러운 고기 놈.'

세상에 태어나서 고기가 부러운 적은 처음이었다.

오물오물.

고기를 입에 넣고 귀엽게 씹는 세를리아.

"맛있어! 호호호. 카르얀이 만들면 모두 완벽해."

기분 좋아 활짝 웃는 꽃사슴.

그녀의 웃음을 따라 내 얼굴에도 환한 미소가 만들어졌
다.

자식이 배부르면 덩달아 즐거운 부모의 배부른 마음.

이제야 알 것 같았다.

삐이이이이이익! 삐이이이이익!

'엥? 웬 경고음?'

그렇게 즐거운 한때를 보내고 있을 때, 갑자기 외곽 순찰
중인 마족들이 부는 날카로운 경고음이 들려왔다.

"모두 전투 준비!"

삐이익! 삐이익!

타다다다다다닥.

경고음이 들려오자 긴장한 마족들이 사방에서 무기들을
꺼내었다.

하다못해 하급 마족들도 전투 태세를 갖추는 모습.

어느새 세를리아의 경호원인 상급 마족도 모습을 나타냈
다.

"무슨 일인가."

세를리아가 크라니크에게 물었다.

"아직 잘 모르겠습니다."

쌍둥이 상급 마족들의 얼굴에도 당혹함이 느껴졌다.

'갑자기 무슨 일이람?

이제는 밥 먹고 집에 돌아가면 그만인 상황.

크랄루 몸에서 채취한 마령석과 여러 가지 부산물로 인
하여 레벨이 안 되는 마물들은 감히 접근도 못하는 안전지
대.

그런데 일이 터졌다.

주변 순찰을 나간 마족 병사들의 마력이 담겨 울리는 경고
음.

'어라, 저것들은 또 뭐야?'

그제야 보였다.

정면의 제법 높은 구릉 사이로 모습을 드러내는 수백 마리
의 펠칸.

세를리아가 보낸 정찰병들이 아니었다.

'마, 마족! 새로운 마족들이다!'

길게 생각할 것도 없었다.

놀랍게도 세를리아가 다스리는 마족들이 아닌 새로운 마
족 집단.

나타난 마족들은 목표가 확실한 듯 세를리아가 있는 곳으
로 곧장 달려왔다.

"레, 레비테우스… 님이십니다."

신음하듯 레비테우스라는 이름을 말하는 크라니크.

그 목소리에 공포가 어려 있었다.

"음……."

세를리아의 눈매가 굳어지며 신음이 흘러나왔다.

좋지 않은 분위기.

레비테우스라는 자가 결코 좋은 놈이 아니라는 것을 충분
히 짐작할 수 있었다.

두두두두두두, 두두두두두두두.

그리고 아무 제지 없이 약 200마리가 넘는 펠칸 무리가 먼
지를 일으키며 야영지로 난입해 들어왔다.

마치 자신들의 안방이라도 되는 양 거치적거리는 모든 것
들을 뭉개 버리고 무식하게 돌진해 오는 놈들.

어느 순간 거짓말처럼 질서 정연하게 세를리아와 우리 앞
에 도열해 있었다.

'저것이 문장인가?

세를리아 병사들과 별반 다른 모습이 아니었다.

대부분 마물의 가죽으로 만든 갑옷을 착용하고 있었다.

하지만 몇 가지가 확연히 달랐다.

첫 번째는 그들의 기도.

범상치 않았다.

세를리아의 중급 마족 병사들과는 차원이 다른 마력의 향기.

'헐… 대부분 상급 마족이라 이거야!'

놀랄 노 자였다.

세를리아 곁에는 단 두 명뿐인 상급 마족.

그런데 나타난 놈들 200명이 모두 상급 마족들이었다.

두 번째로 다른 모습은 나타난 자들의 갑옷 심장 부근에 정교하게 그려진 타오르는 태양 문양.

그것도 모두 황금빛.

세를리아의 어중이떠중이 같은 중급 병사들과는 확실히 달랐다.

그리고 마지막 세 번째 다른 점.

'저놈이… 레비테우스.'

상급 마족도 다 같은 상급 마족이 아니듯, 나타난 자들 중에서도 기운이 범상치 않은 십여 명의 상급 마족들.

차분하게 가라앉은 눈동자와 단정한 품새는 장난 아닌 무게감이 느껴졌다.

그런 마족들의 중심.

한 놈이 있었다.

다른 펠칸보다 대가리도 크고 다리도 긴 새카만 윤기가 흐르는 펠칸 위에 앉아 있는 그자.

최상급 마족임을 증명하듯 은연중에 흘러나오는 진중한 마력의 기운과 차가운 흑발과 어울리는 잘생긴 얼굴.

'눈동자가 황금빛이네.'

놈은 금빛을 좋아하는 듯 갑옷도 가죽이 아닌 검은 바탕의 쇠에 황금 문양이 새겨진 황금 갑옷을 착용하고 있었다.

갑옷 사이사이로 기하학적인 문양과 장식이 그려진 멋들어진 황금 갑옷.

'저, 저게 다 황금이면… 돈이 얼마야?'

미적이나 예술적 가치를 떠나 황금 그 자체의 무게만으로도 수억은 가뿐히 호가할 것 같은 놈의 갑옷.

갑자기 나타난 자가 겁나 부러워졌다.

누구는 찌질한 교복과 군복, 그리고 츄리닝과 청바지가 전부였던 삶을 살았건만 저 새끼는 무슨 복이 저리 많은지 온몸에 돈지랄을 하고 있었다.

"하하! 멀리도 사냥을 나왔구나, 세를리아."

호탕하게 웃음을 터뜨리는 놈.

잘생긴 마족 놈들 중에서도 세련된 매력이 철철 흘러넘

쳤다.

거기에 묘한 분위기를 자아내는 금빛 눈동자.

남자인 내가 봐도 상당히 호감 가는 스타일이었다.

“오랜만이에요, 레비테우스 오라버니……”

‘엥? 오, 오라버니?’

굳어졌던 얼굴은 펴져 있지만 싸늘한 표정을 감추지 않는 세를리아.

나타난 자를 오라버니라 불렀다.

“오라버니라… 후후후.”

사이가 안 좋은 것이 확실했다.

보이지 않지만 팽팽하게 신경전이 벌어지고 있음이 감지되었다.

주인인 레비테우스의 비웃음에 그를 따르는 상급 마족들의 분위기도 변하였다.

‘뭣이여, 이 살벌함은.’

차가운 마력의 발산에 순식간에 야영장은 살기가 넘실거렸다.

“주군을 닮아 다들 버릇이 없군. 크크크.”

갑작스러운 등장에 어안이 벙벙한 세를리아를 섬기는 마족들.

쇄애액.

퍼어어억!

무언가 놈의 손에서 튀어나갔고, 그 순간 멍하니 서 있던 하급 마족의 머리가 산산이 부서졌다.

좌아아아아아악.

박살 난 머리 위로 치솟는 동맥의 압력.

피분수가 순식간에 사방으로 뿜어져 나왔다.

퍼버버벅.

"마족의 영광이신 레비테우스 이드베온 가르비티오 하르게니온 바이슈트 포르베니얀님을 뵈옵니다!"

동료의 죽음에 정신을 번쩍 차린 세를리아의 마족들.

하급, 중급 병사들 할 것 없이 모두 머리를 바닥에 처박았다.

다만 세를리아, 쌍둥이 마족, 그리고 나만 제외하고 말이다.

'저 새끼 막장이네……'

나타나자마자 가볍게 한 마족의 인생을 절단 내는 레비테우스라는 최상급 마족.

웃고 있었다.

살인자에게 전혀 어울리지 않는 샤프한 웃음을 짓는 놈.

내가 지금껏 상상하던 진짜 마족을 만난 것 같았다.

"아버지는 널 자식으로 인정했지만 나를 포함해 그 누구도 너를 위대한 마황의 자식으로 인정하지 않는다. 아버지의 피를 이어받고도 각성도 못하는 네년이 나를 오라버니라 부르다니. 흐흐흐. 미천한 계집 따위가…….”

‘미각성 마족?

세를리아를 바라보며 비열한 웃음을 터뜨리는 놈.

미각성 마족이라며 세를리아를 몰아붙였다.

‘어쩐지 무슨 문제가 있다 싶었지.’

아무리 최상급 마물이라지만 마계의 수장 역할을 하는 최상급 마족이 물리치지 못한다는 것이 이상했었다.

내가 아무리 마계에 대한 지식이 부족하다지만 그건 아니다 싶었다.

하지만 이제 이해가 되었다.

아직 각성하지 못한 미각성 최상급 마족.

세를리아는 완벽한 상태가 아니었다.

“너 같은 형편없는 최상급 마족은 전체 마족의 수치다. 어미가 누군지도 모르는 잡종 혼혈인 네 스스로 소멸하지 않는다면 내 손으로 없애주마. 흐흐흐. 마황께서 실종되신 지 어언 100년. 이제 얼마 후에 장로들과 최상급 마족들이 모여 새로운 마황을 임명할 것이다. 그때 네년을……. 흐흐흐.”

진득한 살기를 날리는 레비테우스.

누구 하나 놈을 막아서는 이가 없었다.

자신들의 주군이 핍박받건만 벌벌 떨며 고개를 처박고 있는 병사들과 하급 마족들.

마물들과 목숨을 다해 싸우던 용맹스럽던 모습은 어디에도 없었다.

각인된 최상급 마족에 대한 경외에 공포심이 작용하고 있음이 분명했다.

'마황이 실종됐어?'

이제야 알게 된 마황의 실종.

누구 하나 감히 마황이라는 이름을 입에 담지 않았고, 실종이라는 말은 더욱더 뱉지 않았다.

'큰일났군. 세를리아가 소멸되면 나는······.'

끈 떨어진 연이 될 것은 자명한 일.

폼을 보아하니 세를리아만 어떻게 되는 것이 아니라 소환수인 나도 문제가 생길 것이 분명했다.

"그런데 이 인간 놈은 뭐야? 마계에 인간 놈이 버젓이 살아서 움직이다니······."

기다리던 불똥이 빨리도 튀었다.

찌리릿.

황금색 눈동자.

자세히 바라보니 비열함과 살기가 가득한 광기에 전 빛깔.

놈이 나를 보고 있었다.

'음……'

온몸이 저릿저릿했다.

단지 바라보는 것만으로도 마비된 것처럼 움직이지 않는 몸뚱이.

세를리아와는 차원이 달랐다.

진짜 마계 최상급 마족의 힘.

"으득."

나도 모르게 어금니를 콱 깨물었다.

놈이 계획적으로 보이지 않는 마력의 힘으로 나를 결박하고 있음이 분명했다.

'흐읍, 흐읍.'

가공할 압력에 숨이 멎을 것 같았다.

작심하고 죽이려는 놈의 행동.

심장이 터질 것같이 괴로웠다.

'개… 개새끼……'

이를 악물고 핏발 선 눈동자로 놈의 비릿한 황금 눈동자를 노려보았다.

"호호호."

나의 발악을 즐기는 놈의 비릿한 웃음.

주룩.

악다문 입술이 터지며 핏물이 흘러나왔다.

그래도 노려보는 것을 멈추지 않았다.

'널… 반드시 죽일 것이다.'

가슴속에서 활활 타오르는 분노.

압력에 거의 숨이 멈춰졌다.

그리고 머릿속에 각인되는 살인 충동.

죽어서도 놈을 용서치 않을 것이었다.

단지 인간이라는 이유만으로 생명의 위협을 가하는 놈.

용서치 않을 것이었다.

"그만 해요!"

카앙!

갑자기 울리는 세를리아의 날카로운 목소리.

그리고 무언가 부딪치는 짧은 소음.

"허억, 허억……."

압력이 사라지며 거칠게 숨이 몰아쉬어졌다.

"호오, 많이 컸구나. 감히 네 주제에 마력 결박을 깨뜨리다니."

"카르얀은 나에게서 이름을 받은 자. 아무리 당신이라 해도 함부로 그를 죽일 수 없어요. 마신께서 주신 율법을 어길 용기가 있다면 모를까."

"뭐라고? 한낱 인간에게 이름을 줘?"

세를리아의 말에 처음으로 놀란 표정을 짓는 레비테우스.

"카르베트야님의 이름을 걸고 확인해 드릴까요?"

지지 않고 맞부딪치는 세를리아.

"……."

잠시간의 침묵.

"푸하하하하하하하하하하하하!"

레비테우스의 입에서 터져 나오는 광소.

"정말 미천한 종자들은 어쩔 수 없다니까. 마계의 최상급 마족이 인간 따위에게 이름을 하사하다니. 크크크. 다른 마족들이 안다면 모두들 즐거워하겠군."

즐거워 미치겠다는 듯이 입가를 씰룩이며 눈에 광채를 뿜어내는 놈.

"참아주지. 내 동생이 이름을 하사한 인간에게 어찌 내가 손을 대겠느냐. 흐흐흐. 곧 다가올 마신의 축제 때 내가 아니어도 저놈의 이름을 노리고 많은 놈들이 손을 쓸 테니 말이야. 크크크크크크크."

"마, 마신 축제……."

레비테우스의 말에 당황한 세를리아.

'이름을 노리다니, 그건 또 무슨 말이야.'

호흡이 돌아오자 정신이 비상하게 돌아갔다.

갈수록 태산이라고, 레비테우스라는 놈의 말속에 칼이 숨겨져 있음을 확인할 수 있었다.

"네놈들도 조심해야 할 것이야. 아무리 마황께서 네놈들을 살려두라 명하셨지만 저주받은 쌍둥이로 태어난 놈들이 언제까지 살 수 있을지는 모르겠군. 잘난 주군과 함께 이번 기회에 소멸되는 것도 나쁜 일은 아닐 것이야."

세를리아와 나뿐만 아니라 쌍둥이 상급 마족에게도 시비를 거는 레비테우스.

"주군과 함께라면 기꺼이 소멸도 즐겁게 받아들이겠습니다."

기죽지 않는 크라니크.

과묵한 동생 크라우슈와 달리 모든 일에 앞장을 섰다.

"버러지 같은 것들……."

크라니크의 말에 기분이 상한 레비테우스.

싸늘하게 굳은 그의 얼굴에 분노와 살기가 가득 차 있었다.

그리고 세를리아를 한 번 차갑게 응시한 후 펠칸의 고삐를 틀었다.

돌아가려는 명백한 모습.

"어이, 형씨~!"

그대로 돌려보낼 수 없었다.

무식이 사촌 개깡이라 해도 참고 있을 수 없는 마음속의 울분.

놈을 불렀다.

"……?"

형씨라는 말에 고개를 돌리며 나를 보는 놈.

'마신의 율법이 뭔지는 몰라도 지금은 나를 죽일 수 없다 이거지.'

세를리아가 던진 말속에서 지금은 안전하다는 것을 깨달았다.

"감히 네놈이… 나를 불렀느냐."

형씨라는 말을 처음 들어본 듯 얼굴을 와락 일그러뜨리며 확인하는 놈.

"그렇소이다. 내가 형씨를 불렀소."

특전사 훈련 때 산전, 수전, 공중전 하다못해 마물의 똥집 속에서 악전고투를 벌였던 나였다.

무서울 것이 없었다.

마계에 오니 간뎅이가 제대로 부었다.

어차피 아등바등해도 목숨을 보전하기 수월치 않은 마계.

화끈하게 휘발유처럼 불사르고 싶은 욕구가 활활 타올랐다.

그리 안 해도 민감한 질풍노도의 고삐리.

눈앞에 무서운 것이 없었다.

"으드득."

놈의 이 가는 소리가 선명하게 귀에 들려왔다.

화가 제대로 났다는 소리.

그도 그럴 것이 듣도 보도 못한 듣보잡 인간 놈이 자신에게 반말 찍찍 하며 형씨라 부르니 머리가 안 돌면 그게 이상했다.

그런 놈을 향해 나는 사람 좋은 웃음을 지으며 충고 하나를 던졌다.

"밤길 조심하쇼."

누군가에게 원한을 품을 때 뱉는 일상적인 한국인의 경고음.

"밤길?"

승부라면 맞짱밖에 모르는 마족들.

밤길이라는 말이 무슨 의미인지 모름이 당연했다.

하지만 내 말투에서 도전한다는 것을 알아채지 못할 정도로 멍청한 놈이 아니었다.

"건방진 놈. 크크크. 인간 주제에 최상급 마족에게 도전하다니. 기다려라. 마신 축제 때 너를 죽지도 살지도 못할 영원의 고통으로 인도할 터이니."

황금빛 눈동자에 진한 살기를 담아 나를 노려보는 놈.

'그래, 한번 맞짱 떠보자!'

지지 않고 눈빛을 마주쳤다.

씨익.

더불어 친절하고 싸가지없는 미소까지 옵션으로 팍팍 안겨주면서.

"흥!"

지지배도 아니면서 흥 소리를 차갑게 내며 눈동자를 돌리는 놈.

타앗!

고삐를 잡고 펠칸을 돌렸다.

휘이이이이이~!

그리고 부는 짧은 휘파람.

두두두두두, 두두두두두두.

휘이이이이이이이이이~!

펠칸을 조종하는 방법인 마력이 담긴 휘파람 소리.

한낮의 돌풍처럼 찾아왔다 사라지는 레비테우스와 그 휘하 무리들.

"…하아."

세를리아가 참았던 한숨을 뱉으며 멀어지는 놈들의 그림자를 노려보았다.

그리고 나 또한 놈들의 뒷모습을 기억에 담았다.
언제일지 모르지만 다시 만나는 그날,
제대로 강찬우의 진면목을 보여줄 것이라 다짐하였다.

Chapter 18

지조있는 남자

마계
대공
연 대 기

"뭐, 뭐라고? 이름을 차지하기 위하여 허락된 일 년 중 유일한 날이라고?"

"그렇습니다. 마신의 축제일에는 상대의 이름을 획득할 기회를 얻게 됩니다. 대부분 약한 마족들이 죽게 되지만 강한 마족을 물리치면 그 이름과 함께 모든 것을 물려받을 수 있습니다. 설사 하급 마족이라 해도 최상급 마족에게 도전할 수 있는 날이 그날입니다."

'헐! 그럼 나에게도 도전자가 있을 수 있단 말이지.'

내 이름은 최상급 마족인 세를리아에게서 받은 마계에서

대접받는 이름.

그 이름을 차지하기 위하여 나에게 대결을 신청할 마족들이 생길 수 있다고 베시스토가 친절하게 설명해 주었다.

"그렇다면 혹시 최상급 마족들이 이름이 긴 이유가 대결로 얻은……."

차마 뒷말을 잇기가 두려운 질문.

"맞습니다. 뛰어난 마족을 죽이고 그 이름을 취득하는 것은 마족으로서 아주 영광스러운 일입니다. 가장 유명하셨던 마황 중 한 명이셨던 1만 2천 년 전의 마황께서는 무려 중간 이름이 30개가 넘는 긴 이름을 소유하고 계셨습니다. 그 이름 중에는 마계에 들어와 행패를 부렸던 에이션트 드래곤의 이름까지 들어 있다고 들었습니다."

"……"

자신이 쓰기에 합당하다는 이름만 중간 이름으로 집어넣을 정도라면 그에게 도전하다 죽은 이들의 이름까지 합치면 그 숫자는 어마어마할 것이다.

최상급 마족들은 수천 년씩 산다고 했으니 그 긴 세월 동안에 얼마나 많은 도전자들을 응징하고 살아왔겠는가.

'그 새끼가 내 이름을 노리고 많은 놈들이 도전한다고 말했잖아. 썩을…….'

정확하게 내가 가진 힘을 파악하지 못하고 있었다.

크랄루와의 전투 중에는 중급 마족들을 뛰어넘는 전투력을 보였지만 지금 중급 마족들과 맞짱 뜨라면 자신이 없었다.

그런데 나를 노리고 있는 놈은 최상급 마족.

내가 원하지 않아도 놈의 사주를 받은 쫄따구들이 덤벼들 것이 분명했다.

"세를리아 주인님도 설마……."

"아닙니다. 주군께서는 마황께서 특별히 자신의 이름을 떼어 허락하신 것입니다. 다른 자식들이자 최상급 마족들에게는 하나와 두 개의 이름을 허락하셨지만 유일하게 세를리아 주군께는 마황님이 자신의 모든 이름을 거의 떼어내서 하사하셨습니다."

'마황도 막내라 이뻐한 건가?

들어만 봐도 편애가 확확 느껴지는 차별 대우.

레비테우스라는 놈이 세를리아를 안 좋게 생각하는 이유를 알 것 같았다.

"혹시 원하지 않으면 출전하지 않을 수도 있지 않을까?"

"상대가 호명하지 않으면 가능합니다. 하지만 지정당하게 되면 반드시 참가해야 합니다. 그렇지 않으면 마신이 정한 율법을 거역한 죄로 영원한 형벌을 받게 됩니다. 그리고 새로이 최상급 마족에게 이름을 하사받은 마족들은 반드시 참가하여 그 자격을 시험받아야 합니다."

“영원한 형벌?”

“일단 사지를 다 자릅니다. 거기에 눈도 파고 코도 자르고 혀도 자릅니다. 귀와 촉감을 제외한 모든 감각을 파괴시키고 지옥의 골짜기에 마력으로 결박시켜 매달아둡니다. 그리고 봄, 여름, 가을, 겨울 사철 내내 그 자리에 매달려 있어야 합니다. 죽지도 못합니다. 고통이 극심해져서 죽을 때가 되면 지키고 있던 마족들이 치료를 해줍니다. 그리고 그 형벌은 그 마족의 모든 원천 마력이 다하고 생명의 불꽃이 꺼질 때까지 지속되는데… 보통 마족들은 100년 이상 버티고 최상급 마족들은 1,000년까지 고통 속에서 헤맨다는 이야기를 들었습니다.”

‘으헐.’

참으로 지독한 형벌이 아닐 수 없었다.

온몸을 절단 내놓고 죽지 않을 만큼 살펴주며 길고 긴 형벌을 내리는 마족들의 잔인함.

가끔씩 잊고 있던 마족에 대한 경각심이 이런 이야기를 들을 때마다 생각났다.

‘결국은 힘없는 놈은 모든 것을 다 빼앗기고 죽는다는 이야기군.’

그 대가로 중급 마족 이상부터는 하급 마족을 종처럼 부리는 것이리라.

자신들은 이름을 지키기 위하여 목숨을 걸지만 하급 마족

들은 그러한 대가를 치르지 않는 것에 대한 보상심리인 것 같
았다.

"베시스토는 왜 도전하지 않는 거야?"

"저요? 하하하. 전 제 주제를 압니다. 요리를 좋아하고 마
력도 라우스 꼬리만 한 제가 어찌 승급 전투에 참가할 수 있
겠습니까. 그냥 이렇게 살다가 소멸할 생각입니다."

마족도 다 같은 마족이 아니었다.

요리를 좋아하고 긴 생명을 소중하게 생각할 줄 아는 베시
스토 같은 마족도 있었다.

'마계에 사는 동안에는 마계법을 따라야 한다. 그러나 내
게는 힘이 없다.'

레비테우스라는 놈이 자극해서가 아니라 내 스스로도 답
답하였다.

태극선기공 덕분에 내공이 기하급수적으로 늘어나고 있지
만 수천 년씩 살아가는 마족과 맞붙기에는 아직도 한참 부족
했다.

"그런데 주인님은 왜 그리 무시를 당하시는 건가? 마황님
의 실종은 또 뭐고?"

사냥터에서 성으로 돌아오는 내내 궁금하였다.

"그것이……."

성에 들어오자 새로이 내 방이 배정되었다.

지하 셋방이 아닌 지상, 그것도 성 밖이 훤히 보이는 높다
란 곳의 넓은 방.

감격스럽게도 샤워 시설과 화장실도 존재했다.

그 방에서 베시스토와 이야기를 나누었다.

"이제 나도 알 정도의 자격은 있다고 생각하는데……."

"휴우, 그럼 말씀드리겠습니다. 본래 이런 말들은 감히 저
희 하급 마족들이 꺼낼 수가 없습니다."

말하는 것에도 차별하는 일등만 기억하는 마계.

더럽고 치사하지만 어쩌겠는가.

지켜본 바에 의하면 마계에서 혁명이 일어날 일은 영원히
없을 것 같았다.

"실종되셨습니다. 마황께서 갑자기 99년 전 실종되셨습니
다."

"99년 전?"

인간의 목숨과 같은 긴 세월.

마황답게 실종 시간도 참으로 길었다.

"어떤 이유에서인지는 몰라도 마황께서 실종이 되셨고 내
년이면 딱 100년이 되십니다. 그리고 마신의 율법에 의하여
실종 100년이 되는 내년에는 마황께서 새로이 선출될 것입니
다. 그렇게 되시면… 마황님의 명으로 각성 시까지 마신 축제
결투가 허락되지 않았던 세를리아님에 대한 보호 기간도 끝

이 날 것입니다."

"음……."

이제야 모든 것이 대충 이해가 갔다.

각별한 마황의 사랑을 받았음이 확실한 세를리아.

미각성한 그녀를 위해 마황의 새심한 배려가 느껴졌다.

"주인님이 아직 미각성하신 이유는 무엇인가?"

"그것이 저희들도 잘 모르겠습니다. 보통 상급 마족들부터 생성할 수 있는 에테르 윙이 나타나면 대부분 각성을 마치건만 주군께서는 최상급 마족으로 완벽하게 각성하지 못하셨습니다. 마력의 형태나 발현 현상은 모두 최상급으로 보이지만 마력의 내밀도와 여섯 장의 에테르 윙이 발현되지 않고 있습니다. 아마도… 밝혀지지 않은 모계 쪽의 영향 같습니다."

"밝혀지지 않은 모계의 영향?"

세를리아에 대한 구체적 정보.

귀가 솔깃하게 열렸다.

"그것이… 마황께서 세를리아님을 이곳 성에 데리고 오셔서 주군으로 임명시킬 당시 나이가 100세가 갓 넘은 어린 시절이었습니다. 다른 마족들은 보통 그 정도면 아직 어머니의 품에서 보호를 받을 나이건만 세를리아님은 마황께서 직접 데리고 오셔서 주군으로 임명하셨습니다. 그리고 마계에서는 마황의 은총을 받은 주군의 어머니를 자처하는 여성 마족이 나타나지 않았습니다. 최상급 마족을 출산했다면 그만한 영광도 없건만 그 누구도 나서지 않았던 것입니다. 그리고 마황께서는 백십 몇 년이 지난 후 갑자기 사라지셨습니다. 마신의 율법이 거역되지 않는 한 절대 바뀔 수 없는 몇몇 명을 내리시고 말입니다."

"……."

쉬운 듯하면서도 꽤나 복잡한 설명.

'결론은 마황이 어디서 사생아인 세를리아를 데려와 각성 때까지 시비 걸지 말라는 말을 남기고 사라졌다는 것이네.'

한번 만나보고 싶은 마황이라는 작자.

아무리 마족들이 오랜 세월을 산다지만 한참 감수성이 예민한 갓 200살 넘은 세를리아를 팽개치고 도망을 쳤는지 물어보고 싶었다.

'냄새가 나, 냄새가.'

마황의 실종과 세를리아와의 관계에서 무언가 냄새가 났다.

정확히 사실관계는 파악 못했지만 나의 육감이 그런 감춰진 음모 냄새를 맡았다.

하지만 그걸 밝히기에는 내가 처한 현실이 만만치 않았다.

그리고 일개 인간 주제에 마황의 실종 사건을 생각하기에는 내가 생각해도 한참 오버였다.

'문제는 어떻게 살아남느냐는 것인데……'

앞으로 다가올 마신 축제.

이제는 축제에 대하여 알아볼 차례였다.

"마신 축제는 무엇이지?"

적을 알고 나를 알면 백전불패라.

모든 변수들을 알아두어야 했다.

"마신 축제는 티모라이우, 즉 축복과 저주의 계절 사이에 보름 동안에 벌어집니다. 마계 마족 중 차원계의 영토를 수호하는 자들을 제외한 상급 마족들 대부분과 승급을 위하여 도전하고픈 마족들이 모두 참가합니다. 이는 마신의 율법으로 내려오는 것으로 환수족이나 천족들이 영토를 침범해도 반드시 벌여야 하는 날입니다. 그리고 가끔씩 이때를 노리고 인간들이 차원계 영토를 침범하여 마계의 여러 가지 마물들이나 마수들을 잡아가고, 기타 광물들을 훔쳐 가기도 합니다."

'환수? 천족? 인간?'

어릴 적 군바리 형님들이 막사 옆 공터에 부식거리로 재배했던 고구마.

한 놈을 쭉 잡아당기면 숙숙 연달아 줄기에 매달린 고구마들이 튀어나오던 장면이 문득 생각났다.

'이번 기회에 제대로 배우자.'

마족들 말고도 환수와 천족, 그리고 인간들이 등장함에 눈이 등잔만 하게 커졌다.

"차원계 영토는 무엇이지?"

"차원계 영토는 마족들이 머무는 마계, 환수족들이 머무는 환수계, 천족들이 사는 천계가 맞물려 있는 대지를 말합니다. 넓이는 정확히 파악할 수 없을 정도로 엄청나게 크며 그곳에서는 그 누구도 목숨을 장담할 수 없을 정도로 환수족들과 천족들과 전쟁이 벌어지기도 합니다. 마계의 11군단 모두 그곳에 포진해 있으며 우리 마족들이 끊임없이 힘을 기르는 이유이기도 합니다. 절대로 양보할 수 없는 차원계의 전투. 가식적인 천족 놈들의 가죽을 벗기고 주제 파악도 못하고 전투를 걸어오는 환수족 놈들의 피를 축배로 들어야 하는 곳. 그곳이 바로 차원계 영토입니다."

'얼라리요?

순하고 착하던 베시스토가 흥분하였다.

조용히 요리나 하다가 소멸하고 싶다는 소박한 꿈을 밝히던 베시스토.

천족과 환수족 이야기가 나오자 입에서 침을 튀기며 열을 내었다.

마치 공산당을 발견한 순진한 초딩처럼.

"환수족 놈들과 천족 놈들의 씨를 말려야 합니다! 지난 세월 수많은 위대한 마황과 마족들이 놈들의 침략에 맞서 최선을 다했지만 아직까지 놈들을 정복하지 못하고 있습니다. 몇천 년 전에는 감히 천족 놈들이 축제 기간을 틈타 마계 영토 안에 발을 들여놓은 엄청난 사건도 있었습니다."

씨를 말려야 한다는 과격한 언사.

침뿐만 아니라 눈에 핏발도 섰다.

'제대로 원수들이네.'

힘없는 하급 마족이 이럴진대 상급 마족들은 어떠하겠는가.

아마도 마족들이 죽어서도 원하는 목표가 환수족과 천족 정벌인 것 같았다.

'환수족과 천족들도 마족들처럼 인간과 비슷할까?

마족들이라고 해봐야 인간과 별반 다를 게 없었다.

덩치가 좀 크고 생각과 문명이 다를 뿐이지 붉은 피가 흐르는 심장도 소유하고 있었다.

"환수족들과 천족들도 마족들과 비슷한 모습인가?"

"네?"

"그들이 생긴 모습 말이야. 비슷하냐고."

"모습이야 마족들과 별반 다를 게 없습니다만 환수족들은 추접스럽게 치장하기를 좋아하고 천족들은 거추장스럽게 자신들을 포장하기를 좋아합니다. 한마디로 질 떨어지는 놈들입니다."

추접과 거추장이라는 단어가 나왔다.

'만나봐야 알겠군.'

원수인 적들에 대하여 쓰는 단어였기에 나에게 충성스러운 베시스토라 해도 믿음이 가지 않았다.

"마계 11군단들은 또 뭐지?"

오늘 제대로 임자 만났다.

"최상급 마족님들 중에서 무위를 자랑하는 열한 분이 군단장으로 존재하는 마계 군단입니다. 차원계가 넓다 보니까 11군단 모두 마계를 보호하고 있습니다. 그런 군단은 보통 한 군단에 전투력이 최상인 중급 마족 이상 마족들로 1만 명씩 존재하고 있습니다. 군단에 착출되는 것만으로도 영광일 정도로 마족들이 가장 존경하고 선망하는 이들이 군단 마족들입니다."

역시 마계는 작지 않았다.

아직 가보지도 못한 마황성과 차원계의 영토.

세를리아의 성도 상당히 넓건만 다른 최상급 마족들이 다스리는 성은 이보다 최소 몇 배에서 심지어는 수십 배 정도 더 큰 곳도 있다 들었다.

'썩을, 내 살아생전에 구경이나 할 수 있을까 몰라.'

평범하게 목숨을 부지한다 해도 인간 수명으로 구경을 다 할 수도 없는 마계.

아직도 미지의 세계였다.

"그런데 인간들이 나타난다는 말은 무슨 뜻이야?"

"그게……."

눈앞에 인간을 두고 인간에 대하여 말하기가 껄끄러운 듯 말을 줄이는 베시스토.

하급 마족인지라 눈치도 제법 빨랐다.

"괜찮아. 아까 말했잖아. 마수와 마물들을 잡아가고 광물들을 도적질해 간다고 말이야. 나 속 좁은 인간 아니니까 다 얘기해 줘."

내가 말하고도 얼굴이 살짝 붉어지려고 했다.

속 좁지 않다고 말했지만 뒤끝 강하고 성격 욱하고 해를 가하면 두고두고 생각하는 개지랄 같은 내 성격.

그러나 스스로는 나름 떳떳했다.

내 양심의 잣대의 기준에 어긋나게 살지는 않았다.

부처님도 예수님도 공자와 마호메트도 딱 자신들이 깨달은 만큼 살지 않으셨던가.

나는 아직 성자가 아니니 딱 내가 깨닫는 만큼만 살 참이었다.

"사실 인간들도 귀찮은 존재들 중의 하나입니다. 언제부터인지는 몰라도 천 년 근래에 갑자기 차원계 영토에 나타나기 시작했습니다. 처음에는 멋모르고 아무 때나 들이대다가 대부분 죽어가더니 이제는 축제 기간에 맞춰서 나타납니다. 그리고 마수들과 마물들을 보이는 대로 잡아가고 마계 자원 중 하나인 하르만디움을 채굴해 갑니다.”

‘하르만디움을?’

무식한 나도 알고 있는 하르만디움.

내가 지금 차고 있는 마력검의 주재료도 바로 마력 광철이라 불리는 하르만디움이었다.

다른 어떤 광석보다 마력 전도가 용이하고 여러 가지 변형이 가능한 동시에 강도 또한 뛰어난 하르만디움.

“주 생산지가 차원계 영토에 있나?”

“다른 곳에도 존재합니다. 하지만 상당한 양의 하르만디움이 차원계 영토에 존재하고 있습니다. 환수족이나 천족들도 하르만디움으로 무기를 만들거나 여러 가지 생활재료로 사용하고 있습니다.”

‘오호, 그랬군.’

서로 싸울 만했다.

마족 생활에 없어서는 안 될 하르만디움.

환수족과 천족들도 사용한다면 광물의 주도권 때문에 전쟁이 일어날 수 있었다.

“특히 차원계의 영토에서는 하르만디움의 증식력이 다른 곳보다 월등하다 합니다. 예전에 들은 말로는 가장 강력한 혼돈의 마력이 존재하기에 그것을 먹고 자란다는 이야기도 들었습니다."

'증식하는 광물이라 이건가.'

흥미가 팍팍 가는 하르만디움.

원광석을 보지는 못했지만 가공된 검이나 기타 물건들에서 풍겨 나오는 광채는 신비로움을 품고 있었다.

그런 광물이 스스로 증식하였다.

'흐흐흐. 이것도 잘 살펴봐야겠군.'

생존이 시급한 문제였지만 한곳에 집중하지 않는 폭넓은 사고가 나의 장점이었다.

돈 될 만한 것들을 일일이 체크함을 잊지 않았다.

그리고 가장 중요한 것, 인간이라는 단어.

드디어 해답을 찾았다.

아무리 해도 적응하기 힘들어 살기 팍팍한(?) 마계.

인간은 인간과 멍멍이는 멍멍이들과 사는 것이 세상의 진리.

머리가 팍팍 회전하기 시작했다.

'인간들이 살고 있는 세상으로 가려면 차원계 영토를 가야겠군.'

베시스토에게 얼마 전에 넌지시 물어보았었다.

세를리아의 성에는 인간계로 갈 수 있는 차원 이동 마법진 같은 것은 없냐고.

그러자 그 말을 들은 베시스토는 펄쩍 뛰었었다.

마신 카르베트야 율법에 의하면 스스로 마계를 벗어난 자는 영원한 저주를 받는다고 말이다.

가끔씩 인간들이 펼친 마법에 의하여 마수들과 마물들 그리고 몇몇 하급 마족들이 소환되어 간 적은 없지만 상급 마족들 이상은 절대 마계를 떠나지 않는다고 했다.

다른 차원에 불려가는 길.

마족들에게는 심히 쪽팔린 일들 중의 하나라고 했다.

물론 개중에는 정신 띨띨한 마족들이 넘어간 적도 있다고 한다.

하지만 돌아오는 즉시 다른 마족들에게 왕따를 당하고 상당한 벌을 받게 된다고 하였다.

만화책에서 습득했던 내 상식과는 상당히 다른 마족들의 삶.

거짓말하지 않는 베시스토였기에 믿을 수밖에 없었다.

'그전에 살아남는 것이 우선이겠지.'

마계의 계절로 10월 달에 벌어지는 마신의 축제 기간.

내일부터 5월이니 이제 몇 달 남지도 않았다.

"아~! 그리고 한 가지 중요한 점이 있습니다."

"응?"

“만약 이름을 빼앗기고 싶지 않으시다면 먼저 상대를 지목해서 결투를 신청하시면 됩니다.”

“그, 그게 무슨 말이야?”

“마신의 율법 중에 이런 말이 있습니다. ‘권리 위에 잠자는 자는 보호받을 가치가 없다’. 즉, 수동적으로 결투를 당하는 자는 그 숫자가 얼마이던지 받아줘야 합니다. 하지만 자신보다 상위의 마족에게 결투를 신청하면 단 한 번의 결투로 축제기간을 마무리할 수 있습니다.”

“그, 그 말은…….”

“카르얀님은 최상급 마족이신 주군께 이름을 하사받았으니 적어도… 최상급 마족에게 결투를 신청하시면 될 것입니다. 그렇지 않으면 이름 얻기를 원하는 다른 상급 마족들이 도전하기를 멈출 때까지 버티시면 됩니다.”

“컥……!”

곱게 자란 내 입에서 쌍욕이 튀어나올 뻔했다.

지금은 중급 마족도 일대일 맞짱 뜨라면 자신없는데 상급 마족들이 만족할 때까지 버티던가, 아니면 최상급 마족에게 결투를 신청하라는 말.

내 귀에는 피떡이 되어 죽기 전에 알아서 농약을 원샷으로 마시고 한 방에 가라는 말과 일맥상통하게 들렸다.

“카르얀님이라면 반드시 이름을 수호하실 것이라 믿습니

다. 한 달이 지난 시간 만에 하급 마족들을 넘어서 중급 마족과 대등, 아니, 이제는 상급 마족의 힘에 다다르신 카르얀님이십니다. 반드시 마신 카르베트야님의 축복이 함께할 것입니다!”

활활 타오르는 믿음의 광신도 같은 베시스토.

‘에휴, 내 팔자야.’

축복이라는 말에 울어야 할지 웃어야 할지 갈피를 잡지 못했다.

‘그래! 난 살아남을 것이야! 그리고 그 레비테우스라는 놈에게 쌍코피를 선사할 것이야!’

죽는 날까지 결코 포기할 수 없는 나의 삶.

가끔씩 휘발유 같은 성격 때문에 굵고 길게 살고자 하는 나의 꿈이 위기를 맞았지만 앞으로 일 년 정도 지나면 그 멍멍이 같은 욱하는 성질도 사라질 것이 분명했다.

질풍노도의 고삐리를 지나 자유와 꿈이 있는 대삐리 세계.

반드시 마계에서 살아남아 대삐리가 될 것이라고 가슴 깊이 다짐하였다.

똑똑.

‘응?’

베시스토와 대화를 마치고 힘차게 결의를 다짐하고 있을 그때, 노크 소리가 울렸다.

일상생활에서는 인간과 비슷한 관습을 가진 마족들.

"들어오십시오."

끼이익.

들어오라는 말에 조용히 열리는 방문.

'오잉? 저 마족은 세를리아 시종 마족 아냐?

세를리아의 옆에서 시종하는 여자 마족들 중의 한 명.

상당히 큰 슴가를 가진 섹시한 금발 마족이었기에 똑똑히 기억하고 있었다.

"카르얀님, 주군께서 부르십니다."

"주인님이?"

아무리 신분이 상승했다 하더라도 세를리아에게는 난 소환수에 불과했다.

"손님이 찾아오셨다고 빨리 오라 하셨습니다."

"아, 알겠소이다."

찡끗.

세를리아의 말을 전하면서 눈을 찡긋하며 요염한 기운을 팔팔 날리는 여자 마족.

살짝 팬 앞가슴으로 보이는 커다란 슴가의 새하얀 살결이 여자 마족의 윙크와 함께 심장에 박혔다.

'환장하겠네.'

그리 안 해도 아침이면 나보다 먼저 기상하는 텐트(?) 때문에 괴로운 십대였다.

그런 나에게 사정없이 뜨거운 불씨를 날리는 여자 마족.

사냥을 가기 전에는 없던 일이다.

끼이익.

말을 전하고 밖으로 나가는 여자 마족.

엉덩이도 왜 이리 씰룩거리는지, 눈동자가 자연스럽게 마족 여인의 움직이는 히프를 따라 움직였다.

"카르얀님, 좋으시겠습니다."

"그, 그게 무슨 말이야?"

"마족 여인이 생산의 향기를 풍겨낸다는 것은 카르얀님을 강한 마족으로 인식했기 때문입니다. 밤에 불쑥 찾아올 수 있으니 준비하십시오. 마음에 들지 않는다면 절대 문을 열어주면 안 됩니다."

"음……."

예상치도 못한 사태.

'이게 무슨 행복한 축복이란 말인가!'

생각지도 못한 마족 여인의 유혹.

생산의 향기라는 별로 추천하고 싶지 않은 단어로 포장되었지만 그 의미는 두 번 말하지 않아도 알 수 있었다.

여자 마족들에게 퍼졌을 나의 지난 사냥 때의 위용.

마계는 모계사회였기에 남자는 씨를 뿌리고 책임지지 않

아도 됐다.

하지만…….

'난 지조있는 남자야. 함부로 강씨 집안의 이름을 더럽힐 수는 없다.'

마음속의 연이은 다짐.

그러나 머릿속에 뛰노는 방금 나간 여자 마족의 멋진 슴가와 탱탱한 엉덩이.

"에휴……."

길게 한숨이 나왔다.

막상 기회가 와도 문제인 모태솔로의 저주.

이성과 본능 사이에서 저주가 씨익 비웃고 있는 모습이 그려졌다.

'그런데 웬 손님?

세를리아 성에 도착한 이후로 처음으로 맞이하는 손님이라는 존재.

고개를 갸웃거리며 방문을 나섰다.

Chapter 19

반 만 년 · 마 법 스 승 테 르 드 오

마계
대공
연 대 기

'캬아, 언제 와봐도 예술이야.'

마족들이 무식한 것은 이미 경험한 바였다.

하지만 일면이 그렇다는 것이지 전부는 아니었다.

지금 보이는 세를리아 성의 복도.

아치형의 기둥들이 멋들어지게 사이좋게 서 있었고, 각 벽면과 기둥에는 대규모 전투 조화와 마족들, 마수들과 마물들이 웅장하게 조각되어 있었다.

유럽 중세 시대의 어느 성보다 더 멋진 마족들의 성.

미술에 문외한인 내가 봐도 대단하였다.

‘세를리아 방을 이제 마음껏 들어가도 되다니.’

소환수였지만 힘없고 말 못하는 시절에는 감히 꿈도 꾸지 못했던 성안에서의 자유로운 행동.

이제는 가능했다.

따로 말하지 않아도 나를 막아서지 않는 중급 마족 병사들.

척!

아니, 나를 볼 때 자신도 모르게 긴장하며 자세를 잡는 이들도 있었다.

찌릿찌릿.

그뿐만 아니었다.

세를리아의 하녀 마족이 보낸 눈길처럼 성에서 활동하는 여자 마족들이 보내는 곳곳의 뜨거운 시선들.

‘우후~!’

기분이 나쁘지는 않았다.

마족 여인들치고 몸매 착하지 않은 이들이 없었다.

전투력을 최고의 미덕으로 삼는 종족답게 여자들도 남자 마족 못지않은 마력을 소유하고 있었다.

그리고 그런 마력은 훌륭한 몸매를 유지하는 비결로 작용하는 것 같았다.

‘후후. 멋대가리없는 형님들 같으니라고.’

언제나 그림자처럼 세를리아를 수호하는 크라니크, 크라
우슈 쌍둥이 상급 마족.

세를리아의 방문 앞에서 다가오는 나를 보고 있었다.

"하하, 안녕들 하시오."

간이 제대로 부은 것이 맞았다.

바라보는 두 시선을 향해 손을 흔들며 반갑게 아는 체를 했
다.

"들어가라."

이런 것 정도로는 자극이 안 되는 듯 무시하며 들어가라 말
하는 크라니크.

자신과 같이 곧 레비테우스라는 최상급 마족에게 찍혀 죽
을 놈이라 불쌍하게 봐주는 것 같았다.

"언제 시간나면 술 한잔합시다."

사람 좋은 미소를 지으며 방문 앞에 섰다.

"주군, 소환수 카르얀이 도착했습니다."

'컥……'

아무리 들어도 정감이 가지 않는 소환수라는 말.

게다가 소환수라는 말을 힘주어 강조하는 크라니크.

끼이익.

대형 방문이 열렸다.

씨익.

그리고 그 순간 살포시 나를 향해 웃고 있는 크라니크 모습.

시선에서 느낄 수 있었다.

넌 아직 나에게 안 된다고 말이다.

‘젠장. 벼락이나 맞으쇼!’

사실 크라니크에게 이러면 안 되었다.

아무리 마계라지만 천 년을 넘게 산 할배 중의 할배.

하지만 언제 죽을지 모르는 마계.

허리를 굽신거리며 살고 싶은 마음은 없었다.

저벅저벅.

‘이곳도 정말 예술이야.’

성의 다른 곳보다 훨씬 정성이 들어간 듯한 세를리아의 방.

성과 수만의 마족들을 다스리는 주인답게 방은 아트 그 자체였다.

한 200평은 됨직한 넓은 실내.

마계에서 나는 고품격 나무들로 만든 탁자와 의자, 하르만디움과 황금과 은빛 광물로 멋을 낸 촛대와 식기, 그리고 여러 가지 장식과 소품들.

뭐라고 할까.

클래식과 모던의 조화라 말하면 딱 어울리는 엣지있는 여인의 방이었다.

'엥? 저 할배는 뭐꼬?'

마계에 와서 처음으로 보는 할아버지 모습을 한 마족.

신기하게도 마족들은 마력으로 성장을 멈출 수 있다 들었다.

아무리 나이가 들어도 중년 정도의 모습으로 살다가 죽을 수 있는 축복받은 존재들이 마족이었다.

그런데 내 눈에 보이는 마족이 분명한 존재.

늙었다.

우리 증조 할배보다 20년은 더 늙어 보이는 마족.

희끗한 백발과 구부정한 커다란 등판과 옆모습, 거칠고 쭈글거리는 얼굴 피부는 나이가 상당히 들어 보였다.

"어서 와, 카르얀."

나를 반겨주는 세를리아.

'흑, 누님 미모는 지존이십니다.'

그 때려 죽일 놈의 레비테우스를 만나고 난 뒤로 더 수척해지고 연약해 보이는 세를리아.

그녀의 과거를 알게 되자 연민의 마음까지 더해져 그녀를 보게 되었다.

파리한 새하얀 순백의 얼굴.

거짓말 조금 보태 CD 크기만 한 조그마한 얼굴에 동그랗게 뜬 커다란 검푸른 눈동자.

마족 여인들치고는 조금 작은 편에 속하는 170의 늘씬한 키.

의외로 나올 데는 나온 순수하면서도 묘한 매력이 있는 몸매.

거기다가 성격도 착하고 정도 있는 나의 세를리아.

아버지인 마황이 돌아오지 않으면 새로운 마황이 선출된 뒤에 소멸될지도 모르는 가여운 소녀가 나를 보며 여린 미소를 짓고 있었다.

자신 앞에서 레비테우스에게 당당하게 한 방 먹인 내가 남 같지 않을 것이다.

"주인님, 부르셨습니까."

손님이 있으니 함부로 할 수 없었다.

아직은 소환수 신분.

그것도 마족들에게 그리 인식이 안 좋은 인간 소환수였다.

"카르얀, 너에게 소개해 줄 분이 있다."

'나에게?

의외였다.

소환수인 나에게 처음으로 마족을 소개시켜 주는 세를리아.

'하급 마족 같은데······.'

마족들을 구별하는 첫 번째 방법은 바로 머리칼 색깔과 눈동자였다.

대부분의 최상급 마족들은 최상급으로 각성하게 되면 머리칼 색깔이 검은빛으로 변한다 하였다.

정확하게 밝혀지지 않았지만 마계를 구성하는 혼돈의 마나와 연관이 있다고 하였다.

그런 내 눈에 보이는 늙은 마족.

새하얗게 센 머리칼 사이로 퇴색한 파란빛의 머리칼이 듬성듬성 보였다.

상급 마족만 되어도 검은빛은 아니더라도 진한 감청색이나 남색 계열이었다.

"할아버지, 내가 말했던 인간 소환수 카르얀이야."

'하, 할아버지?'

미각성 마족이지만 최상급 마족으로 불리는 세를리아가 할아버지라 친근하게 부르는 존재.

스으윽.

창밖을 보고 있다가 나에게 고개를 돌리는 할아버지라 불린 마족 할배.

'헐······.'

내 눈에 들어오는 마족 할배의 완벽한 앞모습.

진짜 늙어 있었다.

얼굴의 가죽까지 쭉쭉 늘어지고 갈라진 할배.

TV에서 자주 보던 외국 할배의 전형적인 모습이었다.

'누, 눈동자가… 살아 있다.'

하지만 평범한 존재가 아니라는 것은 그 눈동자만 봐도 알 수 있었다.

지구에서 많이 본 눈빛.

도를 제대로 닦던 도사 할배들의 깊숙이 가라앉았지만 총명한 빛이 사그라지지 않던 그런 현묘한 눈빛이 마족 할배의 눈에 깃들어 있었다.

"허허, 이렇게 인간을 가까이하기는 오랜만이군."

과거에 인간을 마주한 적이 있음을 밝히는 마족 할배였다.

"카르얀, 예를 갖춰. 나에게 마법을 가르쳐 주신 스승님이셔. 그리고 마계 모든 마족들의 마법 스승님이시기도 하고."

"……!!!"

'뭐, 뭣이라고야!'

모든 마족들의 스승이라 불리는 존재.

하급 마족이건만 최상급 마족인 세를리아가 예를 갖추라 말하는 이.

"인사드립니다. 세를리아님의 소환수 카르얀이라고 합니다."

상당히 오래 산 향기가 몸에서 풍겨오는 이.

아무리 봐도 한민족 반만년 역사와 비슷할 것 같은 마족 할배.

고개를 숙이며 예를 갖췄다.

"소환수라……. 허허허. 난 테르드오라고 하네."

"아!"

테르드오라는 말에 정신이 번쩍 들며 그 이름이 생각 났다.

베시스토가 언젠가 말해주었던 마황성에 산다는 모든 마족들의 마법 스승.

"인간치고는 특이한 마력 구조를 가지고 있군. 마력홀에 마력은 미약한데 그보다 많은 마나들이 온몸에 골고루 퍼져 있다니… 호오, 이럴 수도 있군."

내가 놀라고 있는 사이 단박에 상태를 파악하는 테르드오.

"그렇지? 할아버지도 이상하다고 생각하지? 저 라우스 꼬리만 한 마력 가지고 수컷 크랄루 가죽을 벨 수 있고, 여왕 크랄루에게도 상처를 입혔다니까."

테르드오의 말에 맞장구를 치는 세를리아.

그녀도 나에 대하여 궁금해하고 있었던 것 같았다.

"놀랍습니다. 인간의 능력이 뛰어나다는 것은 예전에 알고 있었지만 이런 식의 진화는 생각지도 못했습니다. 마력홀보다 더 많은 마력을 품을 수 있는 육체라… 인간들이 만들어낸 마나 호흡법이 상당히 진화한 것 같습니다."

할아버지라 불렸지만 세를리아에게 말을 놓지 않는 테르드오.

'호흡법도 있어?'

새로운 정보 하나를 얻을 수 있었다.

이들이 말한 인간 세상에 호흡법이라는 것이 존재한다는 것.

그들의 삶이 더 궁금해졌다.

"마법도 배울 수 있겠지?"

"아마도 그럴 것 같습니다. 아마 마법을 배운다면 우리 일족보다 더 빨리 마법을 펼칠 수 있을 것 같습니다."

'엥? 내가?'

세를리아의 질문에 고개를 끄덕이며 답하는 테르드오라는 마계 할배.

"그럼 가르쳐 줘. 내 소환수가 축제 때 지명 결투에서 죽지 않고 살 수 있을 정도로 마법을 가르쳐 줘."

조용히 말했지만 간절한 염원이 담겨 있는 세를리아의

부탁.

‘세를리아……’

이 정도일 줄은 몰랐다.

내 죽음을 바라지 않는 세를리아의 간절한 마음.

마족들의 마법 스승이라 불리는 테르드오에게 부탁하는 그 모습에 감동 백배를 맛보았다.

“그것은…… 허허허.”

테르드오라는 마계 할배의 얼굴에 당혹함이 어렸다.

아무리 그가 용빼는 재주가 있다 하더라도 마법의 마 자 의미도 제대로 알지 못하는 나에게 어찌 마법으로 살 수 있는 방법을 가르칠 수 있겠는가.

“부탁이야. 아빠가 그랬어. 만약 힘든 일이 있으면 테르드오 할아버지에게 말하라고 말이야. 그래서 내가 불렀잖아. 도와달라고…….”

아빠라는 말이 세를리아의 입에서 나왔다.

자존심 강한 마족 여인의 입에서 결코 나올 수 없는 아빠라는 말.

더욱이 마계는 모계사회였다.

그런 마계에서 아버지라는 존재는 별 가치가 없다 들었다.

그런데 세를리아는 아빠라 마황을 칭하였다.

‘외로웠구나.’

강한 척, 악한 척했지만 마족들과 나에게 한없이 너그럽던 세를리아.

그녀의 아빠라는 말에 외로움을 감지할 수 있었다.

“휴우…….”

대답 대신 길게 한숨을 내쉬는 마계 할배.

“잠시 카르얀과 대화할 시간을 주십시오.”

“응…….”

나와 할 말이 있다는 마계 할배.

세를리아는 고개를 숙이고 밖으로 나갔다.

“너는… 내가 지켜줄게……. 아빠처럼… 결코 버리지 않을 거야…….”

내 곁을 스치고 지나가며 독백처럼 읊조리는 세를리아.

쿵!

심장이 멈추는 소리가 들려왔다.

병약 마계 미소녀 세를리아의 다짐.

충격이었다.

아버지와 할아버지 이외에 처음으로 받아보는 지켜줌이라는 단어.

가족도 아니건만 나를 지켜주기 위하여 마황의 말을 핑계로 마계 마법 대부를 초청한 세를리아.

'너도 지켜줄게, 네가 나에게 베푼 한 열 배의 의지
로……'

지금은 힘이 없지만 나를 지켜주려 하는 숭고한 마족 소녀
의 마음.

사나이라면 반드시 갚아야 하는 크나큰 은혜였다.

끼이익.

내 다짐을 모른 채 문을 열고 사라지는 세를리아.

큰 방 안에 테르드오와 나만이 남았다.

"인간 소환수라……. 허허. 마계에 단 한 번도 없던 일이었
건만 이런 일이 발생하다니……."

'내가 처음이란 말인가?'

소환수로 선택받은 인간은 내가 처음이라는 의미의 말.

"묻겠노라. 네 정체가 무엇이더냐?"

스스스스.

어느새 말투가 변해 있었다.

아니, 방금 전까지 인자하던 할아버지의 모습은 어디로 가
고 강맹한 마력의 힘을 방출하는 테르드오.

'헉!'

어마어마했다.

마계에 와서 단 한 번도 만난 적 없는 농밀한 마력의 힘이
었다.

　나를 포함한 방 전체를 어느새 자신의 마력의 힘으로 지배
하는 테르드오.

　"인간입니다. 이름은 카르얀, 세를리아님의 소환수입니
다."

　"거짓말! 난 믿을 수 없다. 중간계의 인간들 중에 너와 같
은 마력을 품은 자는 없다. 정령사도, 마법사도, 소환사도, 검
사들도 너와 같이 온몸으로 마력을 흡수하는 자가 없다. 다시
묻겠노니, 진정한 네 정체는 무엇이더냐!"

　조용하면서도 나직하며 강렬한 테르드오의 물음.

　"크으……."

　레비테우스에게서 이미 맛보았던 짜릿한 마력 쪼임.

　입에서 신음이 흘러나왔다.

　"…카르얀… 인간… 소환수가 내 이름과… 현재 신분입니
다."

　묻기에 답하였다.

　21세기 첨단 과학 문명을 자랑하는 지구에서 왔다고 말해
봤자 믿지도 않을 것이었다.

　그리고 지금 진정한 이름과 신분은 카르얀과 소환수.

　이것만이 지금 처한 나의 진실이었다.

　"후후후……."

　길게 조용한 웃음을 짓는 테르드오.

이해하였다.

아무리 인자한 표정을 짓고 있어도 마족은 마족.

그것도 마황을 비롯한 모든 마족들의 마법 스승이라 불리는 자.

세를리아의 한마디에 나를 이해하고 받아들이기는 쉽지 않을 것이었다.

스스스스스.

갑자기 사라지는 압력.

"인간들이란……. 쯧쯧."

혀를 차며 또다시 인자 모드로 변하는 테르드오.

"네가 선택해서 온 것이 아니라는 것을 안다. 이미 세를리아에게서 소환되었던 이야기를 다 들었다."

세를리아가 없자 자연스럽게 세를리아라 부르는 마계 할배.

하급 마족이지만 모든 마족들을 가르치는 스승에 오른 이.

"그 마음 변치 말아라. 만약 귀여운 꼬맹이 세를리아에게 상처를 준다면 말썽쟁이 마황처럼 나에게 혼쭐이 날 것이야."

'마, 마황처럼!'

세상에나, 였다.

마계에서는 거의 신과 동급인 마황.

그런 마황을 혼쭐냈다는 테르드오.

믿어야 할지 말아야 할지 감이 잡히지 않았다.

"올해 내 나이가 5,705살이다. 얼마 산 것 같지도 않았는데 세월이 이리 빠르다니… 하아, 마생무상이로고……."

'커억……!'

마계에 와서 놀랄 일이 한두 가지가 아니었다.

하지만 그중에서 지금처럼 놀란 적은 처음이었다.

말로만 듣던 반만년 역사를 자랑하는 마족 할배.

마생무상이란다.

"너에 대한 소문은 들어서 알고 있었다. 힘도 없고 불쌍한 꼬맹이 세를리아를 못 잡아 안달인 다른 마족 놈들이 너를 주시하고 있더구나. 소환수지만 인간인 너를 가까이하는 세를리아를 책잡을 준비를 하는 중이더구나."

친절하게 마계에 퍼진 내 소문을 알려주는 테르드오.

'이곳도 사람 사는 곳과 다를 바가 없군.'

시기 질투가 어찌 없을 수 있겠는가.

레비테우스라는 자의 얼굴에도 드러나던 강렬한 질투와 흉험한 마음씀씀이.

세를리아 주변에도 첩자들이 있음이 분명했다.

"세를리아가 부르기 전에 한 번 오려고 마음먹었었다. 500

년 만에 만난 인간이 얼마나 변했는지 내 확인해 보고 싶었
다.”

손자에게 하는 말처럼 주절주절 입을 여는 테르드오 마족
할배.

방금 전까지 핍박하던 모습은 그 어디에서도 보이지 않았
다.

“그런데 이상하였다. 인간들이 우리 마족도 갖지 못한 마
력홀 확장법을 사용할 리가 없었다. 멍청하고 효율도 엉망인
마력홀을 가슴에 품고 사는 드래곤 녀석들도 너처럼 마력홀
을 사용하지는 못한다. 그래서 물어본 것이다. 네 정체를 말
이다.”

아직도 의문이 풀리지 않은 테르드오의 눈동자.

“아마 말씀드려도 믿지 못할 곳에서 왔습니다. 굳이 말한
다면 불신만 생길 것이기에 현재 제 모든 것을 말씀드렸을 뿐
입니다.”

부드럽게 말이 나왔다.

왠지 모르지만 친근하였다.

꼭 사기꾼 도사 할배들을 대할 때처럼 편안한 기운이 테르
드오 마족 할배의 몸에서 풍겨져 나왔다.

“그래, 모든 것들은 다 이유가 있지. 태어나는 것도 죽는
것도… 너처럼 인간임에도 마계로 소환되어 온 이유

도……."

오래 살면 마족도 저런 선문답을 즐겨 하는가 하는 의문이 드는 대사.

"하지만 이것 하나는 약속드리겠습니다. 테르드오님께서 어떻게 생각하실지 모르겠지만 저는 결코 세를리아님에게 해를 끼치지 않을 것입니다. 그리고 결코 마계에도 나쁜 추억을 만들지 않을 것입니다."

하찮은 인간이 이리 말하면 건방지다고 생각할 수도 있었다.

하지만 현재의 내 마음을 솔직하게 표현하였다.

"인간들의 입술은 달콤함과 추악함을 동시에 표현한다더니 정말 그런 것 같구나. 너처럼 내 앞에서 자신만만하게 말하는 인간은 처음이다."

'저도 처음입니다, 반만년 어르신.'

세상에 누가 있어 반만년을 살 수 있단 말인가.

선도를 닦은 도사 할배들도 기껏해야 몇백 년을 살면 많이 살았다는 소리를 들었다.

그런데 눈앞의 마족은 말로만 듣던 5,000살 묵은 마족.

지렁이도 이 정도 되면 스스로 여의주를 만들어 하늘로 승천할 세월이었다.

"도와주십시오. 제 비록 지금 가진바 힘은 미약하지만 만약 은혜를 베푸시어 저에게 힘을 주신다면 세를리아님을 죽을힘을 다해 보호해 드리겠습니다.”

진심이 담긴 목소리로 테르드오에게 말을 건네었다.

말이 통할 것 같은 테르드오.

앞으로 몇 달 남지 않은 마신의 축제 때 살아남기 위해서는 그의 도움이 절실하게 필요했다.

“허허, 정말 너는 몇 달 만에 마법을 배워 살아남을 작정이더냐? 세를리아가 허락한 네 이름을 노리는 상급 마족들을 물리칠 수 있을 것이라 생각하느냐?”

이미 내 신세를 정확하게 알고 있는 테르드오.

“그건 아닙니다.”

“아닌 줄 알면서 마법은 배워서 뭐 하겠느냐?”

부정에 왜 배우겠냐 묻는 테르드오.

“상급 마족이 아닙니다. 제 목표는 최상급 마족입니다.”

“뭐, 뭐라고!!!”

최상급 마족이라는 말에 처음으로 당황한 목소리를 내는 반만년 마족 할배.

“비록 인간이지만 세를리아님에게 이름을 받은 존재. 확실하게 세를리아님을 노리는 마족들의 머리에 제 이름을 각인시키고 싶습니다. 도와주십시오!”

쿠웅!

'무릎을 꿇었다.

같은 마족, 그것도 최상급 마족을 노린다는 내 말에 어이없어하는 테르드오.

그의 앞에 진심으로 무릎을 꿇었다.

세를리아를 누구보다도 아끼는 테르드오.

진실을 보는 눈이 있다면 나를 도와줄 것이라 믿었다.

"하하, 하하하하하하하하하하하하……!"

호탕하게 울려 퍼지는 테르드오의 시원한 웃음소리.

"좋다! 과거에 나도 품지 못한 멋진 생각을 품는 너를 도와주마! 한번 해보자. 인간 소환수가 최상급 마족을 쓰러뜨리는 모습을 보고 싶구나. 하하하하하하하하!"

생각이 다른 마족이 맞았다.

아니, 강함을 사랑하는 마족 특유의 본능에 어긋나지 않는 행동.

'좋았어!'

불끈 손에 힘을 주었다.

우연찮게 얻은 엄청난 행운.

마법을 가르쳐 줄 스승을 만났다.

그것도 도서관 서기 하덴그라우 정도가 아닌 마족들의 마법 스승 반만년 마생의 테르드오.

위기 다음에 찾아온 기회.

설령 또다시 위기가 찾아올지라도 이 순간 최선을 다하는 삶을 살아가는 나.
지금 이 순간의 기분은 한마디로 '심봤다' 였다.

Chapter 20
고대 마법 주문어

마계
대공
연 대 기

ㅅㅇㅇㅇㅇㅇㅇㅇㅇㅇㅇ윽.

깊은 명상의 세계.

의식과 무의식이 공존하고 천지와 내가 하나임을 확인하는 태극선기공상의 호흡 공부.

마계에 자리 잡은 혼돈의 마력이라 불리는 자연지기를 온몸으로 깊숙이 빨아들였다.

그리고 천천히 회전시켜 갔다.

빠르지도 않고 느리지도 않고 천천히.

배고픈 아이가 급하게 먹으면 체하는 것처럼 나와 기를 관조하며 혼돈의 마력을 흡입해 갔다.

"휴우……."

길게 호흡을 뱉었다.

몸으로 흡수하지만 아직까지는 입으로 가장 많은 자연지기가 스며들어 왔고, 호흡했던 공기 속에 들어 있던 기운들을 모조리 흡수하고 껍질뿐인 기를 밖으로 뱉어냈다.

'대단하다!'

일신 일신 우일신이라는 말처럼 매일같이 새롭게 변하는 상태.

'내공이 늘어났다.'

마계에 와서도 하루도 거르지 않았다.

아니, 이제는 걸으면서도 밥을 먹으면서도 자연스럽게 호흡을 할 수 있는 경지에 이르렀다.

태극선기공을 수련하는 할배들도 어느 정도 경지에 들어서야만 이룰 수 있건만 어린 내가 그 경지에 이르러 있었다.

'하단전도 커졌지만 그와 비례하여 전신 세맥의 기운 또한 늘어났다. 과거의 내가 상상할 수 없을 정도로.'

지구에 있었다면 결코 이룰 수 없었던 경지.

생명의 위급함에 최선을 다한 결과도 있지만 마계 특유의 묵직한 자연지기는 강력한 기를 품고 있었다.

더욱이 혼돈의 힘은 정제되지 않은 폭발력을 가지고 있는 활화산 같은 모양새.

그것들을 모두 정제하여 흡수할 수 있는 태극선기공의 공능은 마계에서 빛을 발하였다.

"오늘부터 본격적으로 마법 수련을 실시한다 이거지."

최상급 마족만이 혼돈의 마력장을 뚫고 이동 마법을 펼칠 수 있는 것은 아니었다.

세를리아와 내 앞에서 마황성에 가서 일 처리를 하고 돌아오겠다고 말하며 사라진 테르드오.

번쩍하고 사라지는 그 모습에 난 엄청난 희열을 맛보았다.

만화책에서나 보고 영화에서나 나옴직한 이동 마법.

진짜 펼쳐졌다.

그것도 곧 내가 배울 수 있는 살아 있는 마법이 말이다.

"시간은 이제 다섯 달이 남았다. 마계의 시간이 대충 보아도 지구보다 확실히 세 배 정도 느리게 흘러가고 있다."

시계가 고장났지만 인간의 가장 확실하고 순수한 계측 기술인 배꼽시계.

군인인 아버지 덕분에 매일같이 7시에 아침밥을 먹고, 점심은 학교에서 12시, 저녁에는 6시에 먹는 습관을 19년 동안 해왔던 나.

마계의 길고 긴 하루에 아홉 번씩 배가 고파옴으로 마계 시간을 측정할 수 있었다.

그리고 나는 피할 수 없는 마계 축제를 준비했다.

마계 시간으로는 다섯 달이지만 나에게는 거의 열다섯 달과 같은 귀중한 시간.

마법이 뭔지는 모르지만 뿌리째 씹어먹으리라 마음먹고 있었다.

'세를리아 누님, 이 은혜 잊지 않겠어.'

지금 내가 있는 공간.

성의 지하에 있는 마법으로 보호되는 넓고 넓은 세를리아 전용 수련실.

나를 위해 아낌없이 세를리아가 빌려주었다.

번쩍.

그그그그그극.

수련실의 단단한 마법 문이 빛을 뿜으며 열렸다.

그리고 등장하는 반만년 마족 할배 테르드오.

"어서 오십시오, 스승님!"

마족이지만 나에게 가르침을 하사하는 존재.

기꺼이 고개를 숙여 예를 표하였다.

"스승이라고?"

"제가 사는 곳에서는 아버지와 스승, 그리고 신은 동기동창생이라는 말이 있습니다. 저에게 가르침을 주시는 테르드오님은 이제부터 제 아버지이며 동시에 신이시기도 합니다."

"푸하하하! 자네는 나를 웃기는 재주가 있어. 좋아, 인정해
주지."

살아온 세월 동안 단단하게 굳어진 정신세계가 아닌 열린
사고를 가진 테르두오.

순순히 스승이라는 의미를 받아들였다.

'코미디가 공짜는 아니지~'

오고 가는 것이 아름다운 세상.

난 그 진리가 세상을 지켜주는 보편 타당한 정의라 진작부
터 생각하고 있었다.

"마계에서는 마력이라 부르고, 자네들이 사는 중간계에서
는 마나라 부르는 자연의 내재된 기에 대해서는 자네 정도의
실력자라면 어느 정도 알고 있을 것이라 생각하네."

'바로 교육인 것이야?

인정과 동시에 시작된 마법 교육.

눈동자를 반짝이며 칠판 앞에 앉는 범생이 자세를 취하였
다.

그런데 문제는 내가 이들이 말하는 중간계가 아닌 생산지
가 지구라는 것.

안다고도 못하고 모른다고 말도 못했다.

그저 귀를 쫑긋하게 세울 뿐이었다.

"겪어봐서 알겠지만 마력이나 마나는 이름만 다를 뿐 본래

말하는 의미는 동일하네. 천족들과 환수족들도 이러한 기를 마나라는 이름으로 부르고 있지."

인간인 내게 나름대로 쉽게 설명을 시작하는 테르드오.

"하지만 마계, 중간계와 천계, 그리고 환수계는 엄밀히 말해서 그 기가 다르지. 중간계의 마나는 혼돈의 에너지가 마계보다 상당히 적은 가벼운 기가 흐르고, 천계의 마나는 정순한 기가 흐르며, 환수계는 우리보다 더 무거운 기가 흐른다네."

조용히 흐르는 테르드오의 설명.

나이 지긋한 선생님들이 수업을 가르치듯 부드러운 목소리가 듣기 좋았다.

"그런데 자네는 특이한 호흡법을 가지고 있더군. 중간계에서 마나를 취한 인간임에도 마계에서 전혀 위축됨없이 사용하고 있네. 과거 분리되지 않았던 세계에서 사용하였던 신들의 호흡법처럼 말이야."

'신들의 호흡법?

"사실 고백하자면 자네를 단기간에 가르쳐 최상급 마족을 상대할 수 있을 정도의 실력자로 만드는 것은 내 힘으로 부족하네. 인간 마법사들이 마족과는 달리 고난도 마법을 펼치려고 질량이 높아진 마나를 제어하기 위하여 아랫배의 마력홀이 아닌 심장 부근에 서클이라는 것을 만들어 사용하는 것처럼, 마족과 인간은 태어날 때부터 신체 조건이 다르네. 지난 마계의 역사가 시작된 옛 시절부터 혼돈의 묵직한 기운을 다루며 살아왔던 마족들은 마력홀이 후천적으로 개량되어 지금에 이르렀네. 하지만 인간들은 그렇지가 않아."

상당히 깊숙이 들어가는 마나와 마력의 기원.

짧은 순간 나와 마주쳤을 뿐이건만 깊이 파악하고 있는 것 같았다.

"아무리 노력해도 인간은 마력 축적에 있어서는 마족의 상대가 될 수 없네. 주신의 축복을 제법 획득한 인간들이지만 그에 걸맞은 수명의 저주를 받았기에 장고한 세월을 사는 마족의 상대가 되지 않는다네. 물론 가진바 뛰어난 도전 정신으로 서클 마법과 자신들에게 맞는 호흡법을 개발하여 중간계에서는 두려운 이가 없다 하더라도 마족과 천족, 환수족의 상대는 애당초 아니라네."

나도 알고 있었다.

어떻게 기껏 백 년을 사는 인간들이 반만년씩 살아버리는 마족과 같을 수 있단 말인가.

사실 말이야 바른말이지만 마족들이 태어나 죽을 때까지 밥 먹다 흘린 찌꺼기만으로 한 인간이 평생 먹고살 수 있는 양식이 될 수 있을 것이었다.

"하지만 예외라는 존재가 항상 있다는 것을 나는 알고 있네. 자네가 지금 수련하고 있는 호흡법은 '신들의 호흡법'이라 불리는 저 머나먼 분리되지 않았던 세상에서 선택받은 인류에게 허락된 수련법. 내가 생각하던 예외의 한 종류이지."

"분리되지 않은 세계란 무엇입니까? 그리고 신들이 허락하신 호흡법의 특징이 무엇인지요?"

마법을 가르치기 전에 옛이야기를 꺼내는 이유가 있을 것이었다.

"분리되지 않은 세계를 아는 마족은 아마 마족 중에 나밖에 없을 것이며 천족이나 환수족에서 아는 자들도 몇 명 없을 것이다. 중간계에서는 활동을 접고 있는 에이션트 드래곤 정도만 알고 있을 수 있지."

'헐, 지금 자랑질인 것이야?

반만년을 살아도 저런 감정은 쉬이 사라지지 않는 것 같았다.

자칫 왕따라는 무서운 사회적 형벌이 가해질 수 있는 자랑질.

하지만 테르드오는 왕따를 무시할 수 있는 강자.

자랑해도 뭐라 할 간 큰 마족은 없을 것이었다.

"주신이 세상을 만들 적에 이 세상은 하나였다. 마계뿐만 아니라 천계, 환수계, 정령계, 중간계 할 것 없이 모두 한 대륙에서 숨을 쉬고 살았지. 그 당시에는 신들과 교통이 직접 이

뤄졌으며 대륙은 넓고 각 종족의 숫자는 적어 서로 부딪칠 일이 없었다. 모든 것들이 풍족하고 신들의 사랑과 지식이 더해졌기에 더 이상 바랄 것이 없었다고 비밀의 역사서에는 기록되어 있었네.”

'오오! 말로만 듣던 지상낙원이 정말 존재했었군.'

아담과 하와가 부끄부끄도 모르고 세상 남부러울 것 없이 뛰놀던 지상낙원.

사자가 풀 뜯어 먹고도 배가 불러 시를 읊고, 늙은 호랑이가 사냥 대신 담배 피며 이야기꾼 노릇을 하며 생계를 유지한다던 꿈의 세계.

반만년 마족 할배의 말을 아니 믿을 수가 없었다.

“그런데 지금은 왜 이런지…….”

가끔씩 옆에서 추임새를 넣어줘야 이야기 진행이 매끄러운 법.

조용히 분위기 잡는 테르드오 할배에게 경청하고 있다는 신호를 보냈다.

“직접 경험해 보지 못해서 알지는 못하지만 전해져 오는 비밀의 역사서에서는 이리 말하고 있더군. 마족과 천족, 환수족과 중간계의 여러 종족들, 그리고 정령족을 다스리는 신들이 서로 반목, 대립하여 대규모 전쟁이 일어났다고 말이야.”

“신들도 패싸움을 합니까?”

처음 들어보는 신들의 전쟁.

더군다나 반목, 대립했다는 단어에서 유추할 수 있는 패싸움의 농후한 가능성.

"무슨 이유 때문인지는 몰라도 그렇다고 기록되어 있었네. 본래 하나였던 세상을 빛과 어둠으로 나누어 천족들과 정령족, 그리고 마족과 환수족의 신들이 분리되어 싸웠다고 하더군. 그 와중에 중간계에 현재 살고 있는 인간을 비롯한 엘프, 드워프, 수인족, 드래곤 등등이 각자가 모시는 하위신들을 따라 빛과 어둠으로 나누어 마족과 천족으로 대표되는 세력에 가담하여 가열차게 전투를 벌였다 적혀 있었네."

'와! 신들이라 그런지 스케일 한번 대단하네.'

가끔씩 들어만 봤던 태초의 신마전쟁이 이런 때를 두고 하는 단어인 것 같았다.

"장장 십만 년 동안 전쟁을 치렀다고 하더군. 하지만 여느 신들이 주신이 아닌 이상 다른 신을 소멸시킬 수 없는 것처럼 그런 신들의 축복을 받은 존재들도 멸족하지 않고 전투를 계속 이어갔다 하더군."

"시, 십만 년요?"

머릿속에 그려지지 않는 길고 긴 시간.

그 엄청난 시간 동안 싸움박질했다는 말에 기가 질렸다.

"역사서에 그리 기록되었으니 믿을 수밖에. 증명할 방법이 없으니 사실이 아니면 말고 아니겠는가. 큼큼.”

“…….”

테르드오의 ‘아님 말고’ 라는 말에 입이 헉 하고 벌어졌다.

처음 볼 때부터 익숙했던 모습.

사기 9단의 전도연 도사 할배들과 말투도 완벽하게 비슷하였다.

“좌우지간 그렇게 길고 긴 세월을 싸웠고, 때마침 이 차원에 복귀한 주신이 사실을 알고 노하여 모든 종족들이 살던 차원을 분리해 버렸다네. 그리고 각 종족들에 대한 신들의 직접적인 개입을 영원히 차단하고 신들이 베풀었던 각 종족들의 힘을 상당수 거둬갔다네.”

“주신님 성격이 화끈하시군요.”

만나뵙지 못했지만 단박에 십만 년 전쟁을 해결한 주신이라는 분.

성격 한번 마음에 들었다.

“그렇게 해서 마계와 천계, 환수계, 중간계, 정령계가 분리되었지. 그리고 그렇게 세월이 수없이 흘러 현재에 이르렀다네.”

“이상하군요. 주신이 차원을 분리하셨다는데 마족과 환수족, 천족들은 차원계 영토라는 곳에서 전투를 벌인다고 들었습니다. 뭔가 말이…….”

"긴 세월이었네. 또한 마족과 천족, 환수족은 신들의 사랑을 가장 많이 받았던 종족들. 스스로의 감춰진 힘을 자각하여 빛과 어둠의 전쟁 때의 힘을 대부분 회복했다네. 그리하여 주신이 분리해 놓은 차원의 결계를 뚫고 그곳에서 전쟁을 벌이고 있지. 언젠가 가보면 알겠지만 차원의 영토는 이곳과 별반 다를 게 없다. 밀림 비슷한 환경에 가지가지 보이지 않는 축복들이 가득한 곳이지."

"그렇다면 인간들이 요즘 차원의 결계에 나타나는 이유도……."

"그렇지. 빛과 어둠의 전쟁 때 살아남은 인간들은 생명이 가장 짧았지만 가장 영악하였다네. 딱히 빛과 어둠을 나누지 않고 서로의 욕망에 따라 인간들은 각 신들을 받들어 전쟁을 치렀지. 그러한 이유로 인간들은 환수를 소환하고, 마족과 천족에게서 얻은 마법을 사용하고, 정령까지 소환할 수 있었다네. 그런 인간들도 잃어버린 힘들을 많이 되찾은 것 같네. 최근 500년 전에 만나본 흑마법사 한 놈에게 들은 바에 의하면 8서클이라는 경지에 이른 대마법사도 탄생했다 하더군."

"……."

역시 인간이었다.

다른 종족들이 죽어라 모시는 신을 따라 싸움질을 할 때 주판알을 튕기며 꼴리는 대로 전쟁에 참가한 인간들.

　다른 종족들이 보았을 때는 좋게 말해서 영악하고, 나쁘게 말해서 간신배처럼 느껴졌을 것이다.

　"거기에 소울 가드라는 전투 마법 갑옷을 다시 찾아내서 사용하고 있더군. 과거 신들의 전쟁 때 만들었던 그놈을 말이야."

　"소울 가드요?"

　"인간 마법사 놈들이 여러 종족에게 얻은 마법과 연금술 지식을 이용해서 창조한 갑옷이지. 전쟁 중에 허약한 인간들의 몸을 보호하기 위해 만들어낸 마법 갑옷이야."

　'마법 갑옷? 그건 또 뭐 하는 물건이야.'

　중간계에 사는 인간들 이야기가 나오자 흥미가 동했다.

　지구에 돌아가기 전에 한 번쯤 구경하고 싶기도 하고, 8서클에 이르렀다는 대마법사에게 혹시 차원 이동할 방법을 얻을 수 있을까 하는 희망을 걸었다.

　그 순간 번쩍 머리를 스치고 가는 한 생각.

　'테르드오라면 혹시……'

　마계의 마법지존이라 불리는 테르드오.

　차원 이동해서 돌아갈 방법을 알고 있을지 몰랐다.

　"저 혹시 중간계나 환수계 이런 차원이 아닌 타 차원의 이동도 가능한지요?"

　"타 차원?"

"네. 전혀 알려지지 않은 새로운 차원 말입니다."

"타 차원이라… 가끔씩 소환 마법진 마력 조절에 실패하여 타 차원에서 소환되어 온 물건들이 있긴 하지. 하지만 차원 이동은 나라도 불가능해."

"……."

불가능하다는 말에 힘이 쭉 빠졌다.

12년간 수능을 준비한 고삐리에게 지금 이 순간은 저주 그 자체였다.

"차원 이동은 마족들보다 천족들이 좀 더 많은 지식을 가지고 있을 것이야."

"네? 천족이요?"

"그래. 놈들이 원래 그런 쪽 전문가야. 그런데 왜 그것을 묻나?"

내 물음에 의문을 표하는 테르드오.

"아, 아닙니다. 그저 궁금해서 한 번 물어본 것뿐입니다."

"그건 그렇고, 내가 돌아가 곰곰이 생각해 보았는데 자네 마력의 분포는 비밀의 역사서에 나오는 신들의 호흡법과 확실하게 비슷하단 말이야. 다시 묻고 싶군. 어떻게 얻었나? 나조차도 어렵게 얻었던 분리되지 않았던 세계의 지식을 말이야."

포기하지 않는 테르드오의 궁금증.

“저희 할아버지가 신관이십니다. 그런데 어느 날 갑자기 제게 이 호흡법을 가르쳐 주셨습니다. 갑자기 신의 계시를 받았다 하시면서 말입니다.”

“신의 계시라고!”

술술 나온 거짓말.

아니, 순도 100% 구라는 아니었다.

증조 할배가 이곳에서 말하는 신관은 아닐지라도 신과 밀접한 관련이 있는 분.

그리고 그런 증조 할배에게서 배운 태극선기공.

내 양심에서 부정 신호를 보내오지 않았다.

“그랬군. 신들이 인간들을 나름대로 배려하고 있었군.”

‘엥? 믿는 거야?

신이라는 말에 거의 절대적 맹종을 보이는 마족들.

테르드오는 내 말에 순순히 고개를 끄덕였다.

“그래서 너에게 알맞은 마법 교육을 생각해 내었다. 특이한 신들의 호흡법을 바탕 삼아 과거 분리되지 않았던 세계에서 우리 마족들이 사용했던 고대 마법을 가르쳐 주겠다.”

“네, 네에!”

엄청난 테르드오의 선언.

마족 마법계의 대부 테르드오가 신들이 패싸움 벌이던 때의 가공할 고대 마법을 가르쳐 주겠다고 선언하였다.

거짓말을 하지 않는 마족의 입에서 나온 말.

벌컥벌컥 심장이 뛰었다.

"내 허리에 차고 있는 마력검도 고대 마법을 원리로 만들어낸 것이다. 그뿐 아니라 현재 마계에서 사용되고 있는 모든 마력검과 새로운 마법 물품들 또한 내가 고대 마법을 기초로 하여 만들어낸 것이지."

또다시 이어지는 자랑질.

'믿습니다! 오오! 마법의 전도자시여!'

저 정도 능력으로 이 정도 자랑질이라면 순수한 편이었다.

나 같았다면 벌써 세상을 뒤집고도 남았을 엄청난 마법 지식을 동네방네 자랑질을 하고 다녔을 것이다.

"인간들이 사용하는 마법 지식 따위는 따로 배울 필요가 없다. 네가 중간계에 돌아갈지 안 갈지는 모르지만 그곳에 혹시라도 가게 된다면 그들이 펼치는 마법이 얼마나 보잘것없는 것인지 알게 될 것이다."

마족의 마법 조종이 하는 말.

"진작부터 인간들의 마법이 얼마나 형편없는지 알고 있었습니다! 저는 오직 스승님이 허락하신 마법만을 목숨 바쳐 수련할 것입니다!"

"오냐. 내 제대로 가르쳐 주마. 하하하."

강력한 내 의지 표명에 만족한 표정을 지으며 고개를 끄덕이는 반만년 마족 할배.

참으로 성격 특이한 마족이었다.

마족도 아닌 인간, 그것도 소환수로 소환되어 온 나에게 마계 마법, 그것도 비밀스럽게 전승되어 온 고대 마법을 가르쳐 주겠다는 그의 정신세계.

당분간은 몸 바쳐 충성할 것을 맹세하였다.

'흐흐흐! 씨이, 이제 까불면 다 죽었어.'

"고대 마법은 지금의 마법보다 더 순수하고 아름다웠다. 마족들이 전투를 벌일 때 마법보다 마력탄을 사용하는 이유는 마력과 조화된 마법의 순수한 힘을 온전하게 꺼내지 못하기 때문이다. 마력을 마법으로 변환시켜 펼치는 힘보다 자신이 소유한 본래의 마력이 더 강력한 파괴력을 내기에 마력탄을 사용하는 것이다. 그렇지만 분리되지 않았던 시대에는 마력이 변환된 마법은 더 강렬하였다."

계속 이어지는 마법 이론 수업.

체력도 역시 마족이었다.

몇 시간째 계속 귓가에 울리는 마법 수업.

태극선기공을 수련하여 정신과 육체가 한 몸이 되는 수련을 하지 않았다면 엄청난 지식들에 머리가 터져 나갔을 것이다.

"마력검을 사용한다면 알 수 있을 것이다. 자신이 소유한 마력보다 좀 더 강한 힘을 낼 수 있는 것을 말이야."

'그랬군. 그래서 내가 크랄루를 죽일 수 있었던 것이었어.'

"하지만 문제가 있다. 본래 마족들이 흡수하고 있는 마계의 기운은 혼돈의 힘. 신들이 가르쳐 준 호흡법을 사용하지 못하고 본래의 힘만을 사용하다 보니 혼돈의 기운이 마력홀에 가득하여 고대의 마법을 완벽하게 사용할 수 없는 것이다. 그것은 나를 포함한 모든 마족들에게 적용되는 문제점이다."

'이게 무슨 말이야?'

"아쉽게도 지금은 너만 온전하게 사용할 수 있다. 순수한 고대 마법의 힘을 끌어낼 수 있는 자는 아마도 전 마계를 통틀어서 너만 가능한 일이다."

"헉……."

"마족들도 호흡법이 있다. 하급 마족들이야 대충 자신의 마력홀에 만족하며 살지만 중급 마족들 이상은 자신들만의 호흡법이 있다. 상급 이상의 마족들은 호흡법을 자신의 이름만큼이나 소중하게 여긴다."

'마족에게도 호흡법이?'

충성스러운 베시스토도 말해주지 않은 내용.

"왜 최상급 마족들 중에서 계속 최상급 마족이 나타나는

줄 아느냐? 왜 여성 마족들이 강한 남성 마족을 유혹하는 줄
아느냐? 그것은 바로 호흡법 때문이다. 강한 마족들은 자신
들만의 호흡법이 존재하고, 그것을 자신의 분신이 아니면 내
놓지 않는다. 그렇기에 여성 마족들은 강한 자를 원한다. 태
어날 생명체의 마력홀의 유전 능력뿐만 아니라 호흡법도 중
요하게 여기기 때문이다."

　'그랬군.'

　강함이 절대 목표인 마계.

　마족 여성체들도 그 목표를 위하여 살아갔고, 그 이유를 정
확히 알아낼 수 있었다.

　"그렇기에 너만 가능한 것이다. 정밀 마력 스캔으로 살펴
본 바에 의하면 너의 마나는 천족들보다 더 순수한 힘으로 응
축되어 있었다. 아마도 신께서 허락한 호흡법 덕분일 것이
다."

　'나도 모르게 마력을 스캔했어?'

　눈 뜨고 있었건만 코 베어가는 마계.

　당해보지 않으면 말을 말아야 할 것이다.

　"고대 마법은 생각보다 단순하다. 바람과 물, 불, 흙의 속
성을 순수한 자신의 마력으로 결합시키는 것. 이제 너에게 주
문어를 가르쳐 주겠다. 아직까지 마력검 같은 물건들을 만드
는 직속제자 마족들에게만 몇몇 고대 마법 주문어를 알려주

었지만 자칫 화가 될 수 있기에 모든 것을 가르쳐 주지 않았다. 그렇기에 이 고대 주문어를 안다면 세상 모든 마법은 너의 것. 마계를 넘어선 모든 차원의 절대 강자가 될 수도 있을 것이야."

'세상 모든 마법이 나의 것이 된다니……'

누가 했다면 약 먹었냐고 했을 광오한 외침.

"총 108자의 주문어로 되어 있다. 바람과 물과 불과 흙의 속성에 동화되는 고대 마법 주문. 이제부터는 네가 그들의 주인이 될 것이다!"

신들이 허락했다는 고대 마법.

순수한 자연의 힘을 이용할 수 있는 주문어.

쿵! 쿵! 심장이 강하게 뛰어왔다.

정확히 무언지는 몰랐지만 오직 나만이 사용할 수 있는 고대 마법어.

태극선기공으로 정화된 천지간의 기운과 결합하면 엄청난 놈이 나올 것 같다는 예감이 들었다.

"첫 번째 주문어는 루다. 이것은 바람의 가장 기초적인 속성으로 호흡과 같은 미세한 것의 시초라 할 수 있다. 하지만 모든 것들의 변화를 주도하는 역동성의 주문어로 마력과 결합하면……"

그리고 시작된 테르드오의 고대 마법 주문 강의.

정신을 모았다.

앞으로 내 생명을 지켜줄 소중한 고대 마법 지식.

차분하게 호흡을 가라앉히며 그의 설명을 들었다.

손을 움직일 때마다 은빛 마력의 빛으로 허공에 찬란하게 그려지는 고대 마법 주문어.

마력검에 새겨져 있던 도형 같은 글자가 내 눈앞에 펼쳐졌다.

'아…….'

깊숙이 몰입되는 정신세계.

이 순간 세상 모든 것은 정지했고 오직 허공중에 너울거리는 고대 마법 주문어만이 내 앞에서 현란하게 춤을 추고 있을 뿐이었다.

Chapter 21
이대로 죽어도 좋다

쏴아아아아아아아아아아아아아.

투두둑, 투두두둑, 투두두두둑.

마계에서 맞는 빗소리.

누가 마계 아니랄까 봐 내리는 빗방울은 모두 큼직한 놈들
뿐.

거칠게 공간을 가르고 대지에 부딪치는 놈들의 장렬한 산
화.

"모는 루를 타고 니와 부딪친다. 이때 바는 그 짧은 찰나에
그들의 충돌 속에서 만들어진다. 바람의 루, 물의 모, 흙의

니, 불의 바… 모든 것은 따로 존재하지만 결코 다른 것이 아
니야.”

테르드오가 가르쳐 준 고대 마법 주문어 108가지.

그 시초인 바람의 속성의 기초인 루, 물의 기초 속성 모, 흙
의 기초 속성 니, 그리고 불의 기초 속성 바.

이것 말고도 그들의 자식들이 파생되어 나왔다.

루와 모가 결합하여 만들어낸 날카로운 물살 파, 모와 바의
싸움으로 태어난 야…….

‘엄청난 지식이다. 108가지 주문어 속에 세상 모든 것들을
담고 있는 것이야.’

하나씩 깨달아질 때마다 엄청난 희열이 몸으로 느껴졌
다.

마치 알에서 깨어나듯 나를 환희의 세상으로 이끄는 마법
주문어.

그 자체로 마법이 될 수는 없었다.

내가 깨달은 바에 의하면 고대 마법 주문어는 의지 그 자
체.

마법이라는 것에 고대 마법 주문어의 의지를 담는 순간 지
금껏 세상에 없는 엄청난 마법으로 탄생하는 것이었다.

‘태극선기공 속의 깨우쳐지지 않았던 공부가 이것 때문
에 열리다니… 정말 직접 경험하지 않으면 믿을 수 없는 일

이야.'

태극선기공을 수련하고 있었지만 완벽하게 깨닫지는 못하고 있었다.

신선이 되려는 도사 할배들이 수련하는 선계의 호흡법이 나 같은 고삐리에게 한 번에 깨우쳐진다면 말이 안 되었다.

스릉.

가볍게 마력검을 빼들었다.

오랜만에 나온 세를리아 성의 내 방.

비가 떨어지는 창밖을 향해 마력검을 들어 올렸다.

그리고 검에 담겨지는 나의 내공.

파아앗.

마력검의 검신에 그려진 증폭의 바람 롸와 파괴의 망치를 가리키는 카.

그들이 말하는 의지를 마력검과 한 몸이 되어 담았다.

"증폭의 힘이여, 폭발하라!"

마법어는 아니었지만 힘차게 마계어를 외쳤다.

그리고 그 순간 담겨지는 순수한 나의 내공과 고대 마법 주문 롸와 카.

번쩍!

갑자기 하늘에서 내리치는 강력한 번개.

번쩍!

동시에 마력검에서 방출되는 강렬한 빛.

콰아아아아아아아아앙!

번개가 작렬하며 내리치는 30미터 전방의 튀어나온 돌탑.

그 순간 마력검에서 방출되어 돌탑에 부딪치는 증폭의 힘.

콰아아아아아아아아아앙!

두 번의 울림이 순식간에 귀청을 울렸다.

파사사사사사사사사삭.

부서지고 있었다.

단단한 마계의 돌로 건축이 되고 마력의 힘으로 보호되는 세를리아 성의 높은 돌탑.

내리치는 번개에 의한 것인지, 내가 만들어낸 고대 마법 주문어에 의한 힘인지는 몰라도 마력검으로 때려도 흔적이 남지 않을 돌탑이 수백 개의 작은 돌조각이 되어 허공중에 흩어지고 있었다.

"헛……."

그리고 그 순간 하단전에 가득 들어차 있던 내공이 거짓말처럼 증발해 버렸다.

순식간에 뽑아먹은 것도 모자라 전신 세맥에 있던 내공까지 건드리고야 마는 블랙홀 같은 현상.

‘어, 엄청난 힘의 소모야.’

신들의 전쟁 때 사용되었던 마법 주문어였다.

이 정도 내공 소모가 없다면 말이 안 되었다.

‘만약 전신 세맥에 있는 내공까지 모두 더하여 주문어에 힘을 실어준다면… 휴우.’

상상만으로 그려지는 대단한 파괴력.

‘아직 주문어 자체의 순수한 힘을 끄집어내지 못한다. 내가 모든 주문어를 깨닫고 활용할 수 있다면 테르드오의 말처럼 세상에 적이 없을지도 모르겠군.’

몇 달 동안 쉬지 않고 고대 마법 주문어를 외우고 이해하려 노력하였다.

물론 태극선기공을 멈추진 않았다.

아니, 답답할 때마다 태극선기공을 호흡하며 선무도하도로 몸을 풀 때마다 거짓말처럼 답답했던 주문어 내용들이 술술 풀려 나갔다.

쏴아아아아아아아아아아아아!

마계의 장마 기간이라도 되는 양 엄청나게 퍼붓는 비.

돌탑이 파괴되자 마계 병사들이 원인을 알아보려 그 주변으로 몰려드는 것이 보였다.

“하하, 하하하하하하…….”

웃음이 터져 나왔다.

매일같이 수련실에서 먹고 자고 하였다.

그러다 한계에 부딪치고 밖으로 나왔다.

나 혼자 처박혀 있는다고 해서 더 이상 고대 마법 주문어를 깨달을 수 없음을 알게 된 것이다.

그리고 답답하던 나를 반겨주는 마계의 빗줄기.

시원하게 내리는 빗소리에 맞춰 시원하게 웃음을 터뜨렸다.

'……?

그때 나를 향해 다가오는 마력 파장이 느껴졌다.

'세를리아……'

불과 몇 달 전만 해도 감지할 수 없었던 세를리아의 마력 파장.

이제는 옆에 있지 않아도 그녀의 파장이 감지되었다.

'내공이 비약적으로 발전했다.'

정확히 확인을 해봐야겠지만 넘쳐 나는 자신감이 내공의 증가를 확신시켜 주었다.

"카르얀?"

끼리릭.

방문이 열리며 나를 부르는 세를리아.

"어서 오십시오, 주인님!"

"저, 정말 카르얀이구나!"

방문을 열어놓은 채로 나를 확인하며 기뻐하는 세를리
아.

‘뭐야? 우, 우는 거야?’

마족이 우는 것은 단 한 번도 본 적 없었다.

동료가 죽어나가도 웃을 수 있는 종족이 마족.

그런데 최상급 마족 세를리아가 나를 확인하고 눈가에 담
고 있는 이슬은 눈물이라는 액체가 분명했다.

“보고 싶었습니다, 주인님. 하하하.”

‘그동안 더 야위었네.’

아버지인 마황의 실종 이후로 힘든 나날을 백 년 가까이 보
낸 세를리아.

긴 세월을 그리 보냈지만 어린 마족이 감당하기에는 벅찼
던 것 같다.

“마법 다 배운 거야?”

조심스럽게 묻는 세를리아.

그도 그럴 것이 테르드오는 딱 삼 일간 나를 지도하고 떠나
버렸다.

내가 고대 마법 주문어를 모두 기억에 각인하자 알 수 없는
미소를 지으며 돌아가 버린 것이다.

그렇기에 걱정이 된 세를리아가 물어왔다.

“아니요. 인간 소환수인 제가 어찌 마계의 마법을 배울 수

있겠습니까? 세를리아님이 천천히 가르쳐 주십시오. 하하하."

"아……."

내 말에 긴 한숨을 터뜨리는 세를리아.

마족들도 수백 년 동안 수련해야 이제 마법 좀 배웠구나 하는 소리를 듣건만, 인간이 단 몇 달 만에 마계 마법을 터득한다는 것이 말이 안 됨을 세를리아도 알고 있을 것이었다.

'후후. 너무 걱정 마쇼, 어여쁜 누님. 나도 다 생각이 있으니.'

마신의 축제까지 얼마나 남았는지 알 수 없지만 바보처럼 당할 수만은 없었다.

나름대로 비장의 한 수를 생각해 놓고 있었다.

"그런데 축제까지 얼마나 남았습니까?"

표정이 좋지 않은 세를리아에게 아무렇지 않게 물었다.

"앞으로 열흘… 오늘 비가 그치고 나면 내일부터 루빠까 수확이 있어. 그리고 수확이 끝나면… 바로 축제야."

하급 마족들도 마법을 사용할 수 있는 마계.

마계 밀이라는 루빠까 가을 수확도 일찍 끝낼 수 있는 것 같았다.

"그래요? 그럼 저도 내일부터 루빠까 수확을 도와야겠군

요. 마신 축제 때 가장 크고 실한 놈으로 제물을 올려야겠습
니다. 하하하."

즐거웠다.

나를 걱정해 주는 어여쁜 마계 미소녀 세를리아를 보고 있
자니 마음이 훈훈해졌다.

"도, 돌아가……. 테르드오 할아버지를 불러 너를 중간계
로 보내줄게."

'중간계로?

나를 아직도 중간계 인간으로 생각하고 있는 세를리아.

솔깃한 제안이었다.

"싫습니다."

하지만 단호하게 나오는 한마디.

"그러다 죽어! 벌써 너를 죽이고 이름을 얻겠다는 상급 마
족들이 한둘이 아니야! 우리 마족들이야 소멸이 숙명이지만
넌 인간이잖아!"

확실히 나를 진심으로 걱정해 주고 있는 세를리아.

'마계 신문에 날 일이겠군. 최상급 마족이 한낱 인간 때문
에 눈물을 흘리며 걱정한다고 말이야.'

세를리아의 돌아가라는 말에 그녀를 다시 보게 되었다.

뭐랄까, 보고만 있어도 아릿아릿한 이 기분.

뭔지 몰라도 심장이 쌔하니 아려왔고 기분도 묘했다.

“그래서 싫습니다. 반드시 마신 축제 때 살아남을 것입니다. 그리고 세를리아님을 무시했던 마족 놈들의 코를 모두 납작하게 짓뭉개 주겠습니다!”

얼마 전까지였다면 한 번 깊게 고민해 봤을 세를리아의 제안.

그러나 지금은 아니었다.

인간 강찬우를 무시한 마족 놈들에게 따끔하게 일침을 가해줄 것이었다.

‘누님의 이름을 드높이고 그때 떠날게.’

세를리아로 인하여 마계로 소환되었음이 분명하지만 원망하는 마음은 남아 있지 않았다.

사주 전문 백운 할배가 자주 하던 말.

‘팔자가 사나운 놈은 뒤집어놔도 팔자’ 라고 그랬다.

마계에 온 것도 나의 팔자.

최선을 다해 살아남을 것이고, 지구로 귀환도 할 참이었다.

더군다나 나를 위하여 자신의 분신 같은 이름까지 하사하고 보살펴 주던 세를리아.

마계 마법 대부 반만년 마족 테르드오 할배까지 불러줄 정도로 나를 진심으로 걱정해 주고 있었다.

이런 그녀를 놔두고 나 살겠다고 중간계로 점프하는 것은 남자 강찬우가 할 짓이 아니었다.

"바보……."

'훗, 귀여워.'

눈물이 그렁그렁한 눈동자로 바보라 말하는 세를리아.

마족의 최고급 계급에 나이도 수백 년을 산 한참뻘 누님이었지만 내 눈동자에 그려진 세를리아의 이미지는 귀엽다는 것.

저벅저벅.

그녀 앞으로 걸어갔다.

"……?"

다가오는 나를 바라보며 의문에 찬 세를리아의 시선.

스윽.

심장이 내리는 명령.

눈을 크게 뜬 마족 소녀를 부드럽게 천천히 안아갔다.

"무… 무슨!"

놀라 당황하는 세를리아.

나를 자신의 뒤에 앉히고 달리던 때를 생각 못하는 세를리아.

"테르드오님에게 들었는데 소환수는 주인과 친밀감을 밀접하게 유지해야 한다고 했습니다. 그래서 지금 주인님께 원하고 있는 것입니다. 소환수 카르얀, 주인님에게 간절히 친밀한 감정을 확인받고 싶습니다.”

술술 나오는 느끼한 거짓말.

“그, 그게…….”

내 말에 답을 내리지 못하는 세를리아.

사라락.

어느새 내 품에 안겨진 세를리아의 가녀린 몸.

“아…….”

‘하아.’

귓가에 울리는 세를리아의 달콤한 신음.

그리고 내 마음속에서 울리는 짜릿한 탄성.

‘정말 소환수가 되기를 잘했어. 흐흐흐.’

소환수가 아니라면 감히 안아보지 못했을 마계 병약 미소
녀 세를리아.

얼마 전 맡았던 그녀의 후리지아 꽃향기가 그녀의 머리칼
에서 은은하게 흘러나왔다.

사르르.

눈이 감겼다.

누구에게도 방해받고 싶지 않은 이 순간.

이대로 죽어도 좋다라는 말이 문득 떠올랐다.

“흐음…….”

나를 거부하지 않고 내 품에 안겨 여린 숨을 쉬는 한 마리

작은 새.

　우리는 그렇게 소환수와 주인이라는 허울로 친밀감을 나누었다.

　서로의 숨결을 마시고 뛰는 두 심장을 마주한 채로…….

Chapter 22
마
황
성

마계
대공
연대기

"…왜 그러는 거야……. 왜?"

세를리아 말처럼 저녁 무렵이 되자 비가 그쳤다.

그리고 나는 비 오는 날에 제격인 수제비를 만들어 마계 꽃
사슴 세를리아의 입을 즐겁게 해주었다.

내일 지구가 멸망하더라도 오늘 한 그릇의 자장면을 만들
겠다는 어느 중국집 주방장의 마음처럼, 위기의 시간이 다가
옴에도 먹는 즐거움을 잊지 않았다.

하지만 문제가 발생했다.

"무슨 문제가……."

　심각한 표정을 짓는 나를 향해 말끝을 흐리며 묻는 베시스토.

　테르드오에게 배우지 못한 마계 실용 마법을 몇 개 전수받고자 초청되었다.

　"베시스토, 분명 이 마법 주문이 불에 관한 마법 주문 맞지?"

　"네, 분명히 맞습니다. 하급 마족들도 모두 펼칠 수 있는 가장 기초적인 마법입니다."

　'착오가 있다. 이건 아니잖아!'

　수련실에서 몇 달간 고대 마법 주문어를 외우는 것에 전력을 다했다.

　몸이 근질거릴 때는 선무도하도나 장백검술 수련을 하며 지독한 시간을 보냈다.

　신들의 전쟁 때 사용되었다는 고대 마법 주문어만 배우면 무적이 될 줄 알았다.

　그러나 신은 내 편이 아니었다.

　'주문어는 완벽하게 이해하고 그 힘이 적절하게 배분될 때 엄청난 힘을 내게 된다. 하지만 주문어를 담을 수 있는 기초 마법을 펼칠 수 없다면……. 이런 엿 같은 일이 다 있나.'

　고대 마법 주문어는 신들에게서 하사받은 선물답게 파괴력이 엄청났다.

기초 주문어만으로도 가공할 힘을 낼 수 있지만 기초 주문어에서 파생된 주문어가 시기 적절하게 마법에 가미되면 본래 마법이 가진 힘의 몇 배를 순식간에 낼 수 있다.

하지만 문제가 발생했다.

마족들이 사용하는 마법을 내가 발현시키차 전혀 시동이 되지 않는 것이다.

'마력이라 불리는 내공도 넘쳐 나고 마법에 대한 이해도 이 정도면 훌륭한데 뭐가 문제지?'

인간들이 펼치는 마법을 본 적이 없기에 내 마법 상식의 기준은 마족들.

그런 마족들은 손쉽게 마법을 사용했다.

불을 사용하고자 하면 마력을 일으켜 불이라는 단어를 입 밖에 내면 진짜 불이 생성되었다.

그러나 나는 그것이 불가능했다.

'혹시… 마족들의 언어가 특화된 언령?'

충분히 가능성이 있는 의심.

세를리아도 나에게 정신계 마법을 걸 때 길고 긴 주문 따위는 외우지 않았다.

짧은 순간 몇 마디 하자 정신이 통하여 대화를 할 수 있었다.

"베시스토, 혹시 마법을 발현할 때 다른 특이한 사항은 없어?”

마계 마법 스승 테르드오가 있다면 간단히 해결될 문제였지만 지금은 그를 만날 수 없었다.

“특이한 사항요? 잘 모르겠습니다. 모든 마족들은 마신 카르베트야님이 허락하신 은총으로 의심없이 마법을 사용할 뿐입니다. 상급 이상의 마족이 아니라면 특별히 마법 주문을 따로 배울 필요도 없고 그저 마법에 필요한 의지 수련과 마법어를 배우면 그만입니다.”

‘이런……’

문제를 어렴풋이 알 것 같았다.

내가 마족들이 사용하는 마법을 펼칠 수 없는 이유.

‘마족들은 마신의 보호를 받는 존재들. 하지만 나는 인간이다. 마계어는 마신이 주신 마족들의 것. 나에게 통용되지 않을 수도 있을 것이야.’

고대 마법 주문어는 신들이 사용하던 것들.

지금 마족들의 언어와도 확연히 달랐다.

더군다나 나는 마신을 믿지 않는 인간.

언령 비슷하게 발현되는 마계의 마법을 사용 못할 수도 있는 것이다.

‘젠장, 그럼 마법을 따로 배워야 하는 거야?

고대 마법 주문어를 완벽하게 깨닫기 전에는 그 자체의 힘으로 마법을 발현시킬 수 없었다.

마력검과 같은 도구를 사용하거나 다른 마법을 펼칠 때 의지를 더해서 펼칠 수 있을 뿐이었다.

'신토불이가 이곳에도 적용되다니. 에휴.'

테르드오도 미처 생각지 못한 부분.

자신도 고대 마법 주문어를 마법에 섞어 사용할 수 없는 이였기에 나에게 이런 문제가 닥칠지 예견하지 못한 것 같았다.

'그럼 방법은 인간들 마법이겠군.'

속이 바짝 탔다.

열흘 정도면 시작될 마신 축제.

비상수단으로 마법 몇 가지를 사용하려던 내 계획이 산산이 박살 났다.

'고대 마법 주문어. 좀 더 알아볼 필요가 있겠어.'

테르드오가 말한 내용은 일방적인 마족 입장에서의 해석.

천족이나 환수족, 인간들은 다르게 생각할 수도 있을 것이다.

그리고 그 당시 모든 종족들은 분리되지 않은 대륙에 살던 신들의 아이들.

고대 마법 주문어는 무언가 더 강력한 비밀이 있음이 분명했다.

'그렇다면 지금 내가 유일하게 사용할 수 있는 생존 무기는 검뿐이겠군.'

허리춤에 길게 매어진 검집.

스릉.

마력검을 가볍게 빼어 들었다.

그리고 주입되는 내공.

파아앗.

전기를 머금은 전구같이 빛이 새어 나오는 두꺼운 검신.

그 순간 빛나는 고대 마법 주문어 증폭의 바람 롸와 파괴의 망치 카.

'단 두 단어만으로도 몇 배의 힘을 낼 수 있게 만든다. 그리고 상급 마족들의 검에는 세 자 이상의 단어가, 최상급의 검에는 네 개의 주문어가 새겨져 있다.'

스스로 사용할 수 없기에 마력검에 고대 마법 주문어를 넣어 실험하고 있음이 분명한 테르드오.

아마 그는 네 개 이상의 마법 주문어를 조합해서 사용할 수 있는 것 같았다.

'살아남기 위해서는 나도 네 개 이상의 주문어를 조합해야 한다. 그것도 반드시!'

두 개 이상의 고대 마법 주문어를 능수능란하게 사용하더라도 중급 마족의 마력검에서 보았듯이 엄청난 힘의 폭발력을 소유할 수 있었다.

　그런데 세 자, 네 자 이상의 파생 마법 주문어를 조합해서 사용할 수 있다면 그 힘은 가히 상상불허.

　상급 마족들이 마력의 힘을 깎아먹는 마법을 천시하고 검과 마력탄에 집중하는 이유가 거기에 있는 것이다.

　'할 수 있을까? 지금도 두 자의 마력어만을 어렵게 합성할 수 있는데.'

　그냥 마법 주문어만을 늘어놓고 사용하면 되는 것이 아니었다.

　기본어와 파생어에 대한 완벽한 이해를 할 수 있어야만 의지가 발동되는 고대 마법 주문어.

　그렇게 이해가 되더라도 상성이 어긋나거나 주어진 힘의 배분이 달라지면 그 반대의 파탄력을 직접 몸으로 받아내야 한다.

　단전이 파괴되거나 죽을 수도 있는 것이다.

　'만들어내야 한다, 나만의 고대 마법 주문어를!'

　중급 마족들의 똑같은 마력검이 아닌 특별 제작되었을 그 어떤 최상급 마족의 마력검.

　그가 소유한 마력검에 각인되어 있는 고대 마법 주문의 특성을 알 수 있다면 대처가 쉽겠지만, 내가 신이 아니었기에 절대 불가능했다.

‘일단 기초어를 완벽하게 이해하자. 그리고 내가 사용 가능한 주문어를 최대한 활용할 수 있는 힘을 기르자.’

108 주문어에 의하여 만들어지는 어머어마한 변수.

죽을 때까지 모두 다 통달할 수 있을지 의문이었지만, 지금은 발등에 떨어진 불을 끄는 것이 우선.

이를 악물었다.

언제나 죽을 정도로 고통스러웠던 지구에서의 특전사 훈련.

안 되면 되게 하라는 특전사 구호가 가슴에 새겨졌다.

‘강찬우! 힘내자. 너의 은총을 기다리는 세상의 수많은 꽃사슴들을 위해!’

아직 나와 만나지 못한 꽃사슴들.

주먹에 바짝 힘이 들어갔다.

언제나 잡초같이 살았던 나의 인생.

죽는 그날까지 내 삶의 구호는 깡이었다.

‘오오! 이동 마법진!’

말로만 듣던 이동 마법진이 눈앞에 나타났다.

하루가 상당히 긴 마계 시간도 잘만 흘러가 어느새 축제가 벌어질 마황성으로 떠나야 하는 시간.

세를리아를 보호하는 쌍둥이 상급 마족과 세를리아, 그리

고 나까지 포함한 단출한 네 명이 대형 이동 마법진 앞에 섰
다.

'크기로 보아 한꺼번에 수백 명은 이동해도 되겠네.'

세를리아 성에서 몇 달을 살았지만 아직도 모르는 곳이 상
당히 많았다.

나름대로 독특한 마계 문화를 간직한 성에는 이렇게 내가
모르는 마법진도 많았다.

'특이할 것도 없는 마계어와 숫자, 그리고 도형으로 구동
이 되는군.'

이동 마법이라면 마법의 정화라 생각되었다.

그러나 생각보다 별로 어려워 보이지 않는 구조.

숫자와 도형들이 특이했지만 세상에 배워서 못할 것은 아
무것도 없었다.

"준비하십시오. 마황성에서 신호가 도착하고 있습니다."

'신호?'

지름 20미터 정도 되는 대형 마법진.

방금 전까지 아무 파장도 없던 마법진에서 묘한 빛이 일렁
이기 시작했다.

크라니크의 말투로 보아 마황성에서 무슨 신호를 보내는
것 같았다.

"괜찮겠어?"

마법진이 본격적으로 가동되기 전에 나에게 괜찮겠냐 묻는 세를리아.

어젯밤에도 찾아와 중간계로 보내준다고 나를 설득했다.

하지만 난 결코 떠날 수 없었다.

이대로 마계에서 도망친다면 큰일 보고 닦지도 못한 찝찝함에 평생을 살아야 할 것이 분명했다.

"저를 믿습니다."

"그래……."

사실 도움을 받고 싶은 마음도 있었다.

허리에 차고 있는 중급 마족의 마력검 대신 쌍둥이 상급 마족이나 세를리아의 마력검을 잠시 빌려달라 말하고 싶었다.

그러나 마계에서 자신의 검을 놓는 이유는 오직 하나.

소멸하거나 도전자에게 모든 것을 빼앗겼을 때만 가능한 일.

멀쩡히 살아 있는 마족들에게 죽어라 말할 수 없기에 아쉬움으로만 남겼다.

쇄아아앗!

짧은 순간 우윳빛 광채가 마법진에서 뿜어져 나왔다.

"조심해……."

귓가에 들려오는 세를리아의 걱정이 담겨 있는 한마디.

휘이이이이이이잉!

그리고 그 순간 휘몰아쳐 오는 강력한 마력의 파장.

번쩍, 강렬한 광채가 빛을 뿜었다.

'마황성… 마황성이라 이거지.'

단단히 마음을 먹었다.

세를리아 성에 사는 마족들과 달리 오리지널 순수 100% 싸가지로 무장했을 마계의 진정한 마족들.

진정한 승부의 시작이었다.

팟!

광채가 온몸을 휘감은 순간.

강렬함에 눈을 감았고, 이내 몸은 비행기에서 이륙할 때처럼 붕 뜨는 느낌이 들었다.

'휴우……'

가슴에서 뱉어지는 긴 한숨.

나를 기다리는 마황성.

기대감과 긴장감이 내 양어깨를 가볍게 짓누르고 있었다.

위이잉.

감겨진 눈에 새하얀 빛의 그림자가 새겨졌고, 동시에 가벼운 현기증이 느껴졌다.

파바밧.

그리고 느껴지는 수십 개의 따가운 시선.

'뭐임미?'

피부를 파고드는 살기 비슷한 기운에 눈이 번쩍 떠졌다.

'헉······!'

눈동자에 들어오는 수십 개의 시선.

음침하였다.

첫 번째 느낌은 음침, 그리고 두 번째 느낌은 묵직, 그리고 세 번째 시선에서는 경멸이 감지되었다.

"세를리아 포이든 베르슈테트 아크라이슈 제로니안 로히비트 타유슈트아님을 뵈옵니다."

"뵈옵니다!"

조폭 영화가 생각났다.

보스가 납시면 고개를 바짝 숙이는 시커먼 조폭 형님들.

지금 고개를 깊숙이 숙이고 있는 마족들의 모습이 딱 그 모양이었다.

"꿀꺽."

나도 모르게 마른침이 넘어갔다.

세를리아 성의 마족들도 처음에는 무서웠지만 이 정도는 아니었다.

'와아, 얼굴 살벌한 거 봐!'

인사를 마치고 고개를 드는 마족들.

마황성에 근무하는 상급 마족들이라는 것을 옷차림과 표정에서 읽을 수 있었다.

그런 상급 마족들.

일단 떡대가 장난이 아니었다.

세를리아 성에 사는 마족들도 장난이 아니었건만 족히 2미터 20 정도 되는 큰 키에 어울리는 떡 벌어진 곰 같은 어깨.

거기에 마법으로 충분히 고칠 수 있을 것이건만 얼굴 곳곳에 나 있는 흉터 자국.

인생 쉽게 살지 않았다는 것을 온몸으로 표현하고 있었다.

"안내하라."

"명을 받드옵니다."

세를리아 얼굴이 차갑게 변해 있었다.

방금 전까지 나를 향해 걱정스런 눈빛을 보내던 병약 마계 미소녀의 모습은 어디로 가고, 냉동실에서 갓 잡아 올린 생선처럼 차갑게 굳어 있는 표정.

자신이 도착할 때 마족 놈들이 보냈던 경멸의 기운을 읽었음이 분명했다.

'어, 엄청나다!'

마족 놈들에게서 시선이 돌려지며 눈에 들어오는 광경.

높이 20미터에 가로세로 수백 미터는 됨직한 거대한 공간.

지하로 짐작되는 곳은 곳곳에 마법등이 환하게 켜져 있었고, 크고 작은 마법진들 수십여 개가 만들어져 있었다.

'이곳에서 이동 마법을 펼치면 순식간에 수천 명도 가능하겠군.'

지금도 이동 마법이 펼쳐지는 듯 각 마법진 옆에는 마족들이 대기 중이었다.

'이것이 제일 작군.'

그런 마법진들 중에 방금 도착한 마법진이 제일 작고 구석진 곳에 있음이 확인되었다.

미각성 최상급 마족 세를리아에 대한 마족들의 마음 자세를 읽을 수 있었다.

'쌍둥이들은 쟤들에 비하면 신급 연예인이네.'

마족들이 모두 잘생겼다는 것은 나의 착각이었다.

미국 할렘가에 내놔도 잘 먹고 잘살 것 같은 마황성 마족들의 험악한 인상.

앞장서는 세를리아의 뒤를 조용히 따라갔다.

그 와중에도 쉬지 않고 정보를 파악했다.

언제 다시 올지 알 수 없는 마황성 구경.

'캬아, 바닥이 모두 대리석이야? 예술이네. 오오! 벽면 그

림은 누가 그린 거야? 레오나르도 다빈치가 울고 가겠네.'

호사스러운 마황성 구경.

돈 들어가는 것이 아니기에 마음껏 눈에 담았다.

'디카가 없는 게 아쉽네. 이거 찍어 팔면 대박이겠는데.'

그 와중에도 돌아가는 돈 되는 일.

마계는 아직 개발되지 않은 보물섬 그 자체였다.

Chapter 23
엿이나 처드세요

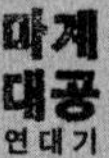
마계
대공
연 대 기

‘와, 이놈들 봐라. 사람 차별하네?’

마황성은 진짜 컸다.

마법진에서 움직이기를 한참.

세를리아는 모셔가고 나는 또다시 지하 셋방으로 모셔졌다.

방으로 안내하며 조용히 내 귀에 경고를 날리던 마족 한 놈.

“뭐라고? 인간이 마황성에서 숨을 쉬는 것만으로도 영광이라고?”

상급 마족답게 단박에 나를 알아봤다.

아니, 의외로 소문이 빠른 마계에서 세를리아와 나타난 나를 못 알아보는 것이 바보이리라.

"그런다고 내가 바깥에 못 나갈 거라고 생각하면 오산이지."

최상급 마족인 세를리아에게 이름을 받은 나였다.

정보에 의하면 그런 나를 죽일 수 있는 날은 마신의 축제 기간뿐.

아직 시작되지 않은 축제였기에 나를 해할 자는 없었다.

누가 보면 잔머리 굴리는 데 천재라 할 수도 있겠지만 그렇지 않고서는 마계에서 살아남는다는 것 자체가 불가능했다.

"하급 마족들이 손재주가 좋단 말이야. 어떻게 흠잡을 곳이 하나 없냐."

창문도 달려 있지 않은 지하 공간이었지만 있을 것은 다 있었다.

에이스 부럽지 않은 침대와 고풍스러운 원목 탁자와 의자, 벽면에는 마계의 자연을 그린 명화도 몇 점 걸려 있었다.

"베시스토, 고맙다. 내가 출세하면 꼭 한자리 내주마."

이곳에 오기 전에 나를 찾아왔던 베시스토.

가죽으로 만든 갑옷 한 벌을 가져왔다.

마족들이 착용하는 옷차림이 아닌 회색 옷감으로 만들어

진 편안한 로브 형태의 옷 한 벌과 갑옷.

크랄루 가죽으로 만든 귀한 갑옷이라는 것을 알 수 있었다.

어떻게 처리를 했는지 몰라도 악어가죽 문양의 크랄루 가죽 갑옷.

딱딱해 보이는 것과는 달리 몸에 착용하자 아주 편안하였다.

비록 심장과 몸통만 보호하는 형태였지만 나를 생각하는 그 마음이 아주 고마웠다.

"슬슬 한번 나가볼까."

아마 인간들 중에서는 거의 처음으로 밟아보는 마황성.

그 순결한 대지에 내 영역 표시를 하고 싶었다.

끼릭.

기하학적인 문양이 그려진 나무 문을 열었다.

'아무도 없네.'

검은 대리석이 깔려 있는 널찍한 복도.

화려한 알지 못하는 전투 장면이 새겨진 복도 위로는 밝은 마법등이 켜져 있었다.

"르네상스 시대 건축 양식인가?"

어디서 많이 본 것 같은 건축물의 구조.

발걸음을 움직이며 바깥으로 나왔다.

"어디로 갈까?"

길잡이도 없는 마황성.

"고고! 렛츠 고!"

뭔가 있을 것 같은 오른쪽 길.

저벅저벅.

힘차게 발걸음을 옮겼다.

"세를리아 그 계집년이 왔다고?"

"그러하옵니다, 주군."

"주제 파악 못하는 인간 소환수 놈도 왔겠군?"

"그렇다고 하옵니다. 최상급 마족에게서 이름을 받은 자들도 의무적으로 참가해야 하는 축제 기간이옵니다. 놈이 인간이라도 반드시 마계의 율법을 따라야 하옵니다."

"후후후, 건방진 인간 놈. 감히 아버지로부터 두 번째 이름을 받은 나에게 도전을 해오다니. 놈의 목을 자르고 그 피를 받아 모욕에 대한 대가를 받아내리라!"

"걱정 마시옵소서. 내일 마신의 축제가 시작되면 제일 먼저 놈을 축제의 제물로 올릴 것입니다. 이미 다른 상급 마족들이 모두 노리고 있다 하옵니다."

"후후후……."

마황성에 위치한 최상급 마족이 머무는 접객실.

마계에서는 아무리 마황의 어린 자식이라 해도 마황성에

머무를 수 없었다.

축제 기간을 제외하고는 마황성에 머무를 수 있는 이는 오직 마황뿐이었다.

그런 마황성의 접객실에서 울려 나오는 만족한 웃음소리.

누군가를 향한 지독한 살기가 담겨 있었다.

"와우!"

실로 엄청난 규모였다.

일개 성 하나 자체가 미로처럼 얽혀 있어 눈을 어지럽게 만들었다.

벌써 걷기를 한 시간.

오다 가다 마주친 마족들이 있었지만 내 인사도 아는 체도 모두 쌩을 깠다.

내가 그들이 마족이란 걸 알 수 있는 것처럼, 인간인 나를 알아낼 수 있는 것 같았다.

그렇게 외로이 마황성 구경에 나선 나.

갑자기 거대한 대전 안에 이르렀다.

"월드컵 경기장보다 크겠다."

대전 안은 그야말로 광대했다.

천장의 높이는 적어도 200미터쯤은 되어 보였고, 그 천장 모두는 천지창조와 같은 엄청난 규모의 그림들이 그려져 빛을 받아 대전 안을 비추고 있었다.

그뿐만 아니었다.

사방에 세워진 수백 개의 마족 형상.

허리에 검을 차고 검은빛의 갑옷을 두른 채 미동도 없이 서 있었다.

저 멀리 중앙 상단에 위치한 10미터 정도 되는 높이의 황금빛 의자를 호위하듯 형상들은 묵묵히 서 있었다.

"마황의 권좌인가?"

누가 봐도 알 것 같았다.

대전 안을 호령하는 위치에 자리 잡은 높은 계단 위에 설치된 황금 권좌.

저벅저벅.

나도 모르게 발걸음을 옮겼다.

"21세기 기술로도 이렇게 매끄러운 바닥은 만들 수 없을 것이다. 이것도 하급 마족들이 만들었겠지."

탐나는 하급 마족들이었다.

그들을 데리고 건설 현장에 가면 초특급 대우를 받을 수 있을 것이었다.

마법뿐만 아니라 손재주에 힘까지 좋은 마족들.

능력만 되면 마족들 몇몇을 스카웃하고 싶었다.

스스스스스스.

'응?'

마황이 앉는 권좌에 다가가는 순간 은은하게 느껴지는 살기.

누군가 나를 노려보고 있는 것 같은 기분이 들었다.

하지만 내 감각에 느껴지지는 않는 기척.

'누구지? 마족 귀신인가?'

조심스럽게 발걸음을 또 옮겼다.

스스스스스스스스스.

한 걸음을 떼는 순간 또다시 감지되는 살기.

휙휙.

사방을 휘둘러보았다.

'이상하네?'

뻥 뚫린 대전 안에는 그 누구의 그림자도 없었다.

저벅저벅.

빠르게 걸음을 옮겼다.

스스스스스스스스스스.

발걸음과 함께 진해지는 살기의 강력한 힘.

'응?'

신경을 곤두세우며 권좌에 다가가는 내 눈에 보이는 한 물체.

"검?"

놀랍게도 마황의 권좌 앞에 떡하니 꽂혀 있는 검은빛의 대
검이 보였다.

검신의 중간까지 바닥에 깊숙이 꽂혀 있는 대검.

'마력검이다!'

마력이 주입되지 않아 빛이 흘러나오지 않았지만 한눈에
보면 알 수 있는 마력검.

'어, 엄청난 힘이 느껴진다.'

놀랍게도 주인도 없는 검에서 감지되는 강렬한 힘의 파장.

뚝 걸음을 멈추었다.

어느새 권좌와의 거리는 20미터 정도.

살포시 고개를 들어 검을 바라보았다.

'이 정도 힘이라면 고대 마법 주문어가 다섯 개 이상 들어
가야 한다. 마법 주문의 마지막 조합이라 할 수 있는 다섯 개
가……'

흥분이 밀려왔다.

최상급 마족이 다룰 수 있는 고대 마법 주문도 고작 네 개
뿐이거늘, 놀랍게도 바닥에 깊숙이 박혀 있는 검에서는 주문
조합의 마지막 한계라 불리는 다섯 개의 조합 힘이 감지되었
다.

저벅.

만져 보고 싶었다.

아직은 초보에 불과한 고대 마법 주문어에 대한 해석.

직접 펼치지도 못하는 테르드오가 어떻게 주문어를 자신만의 방법으로 해석했는지 알고 싶었다.

"허어, 겁이 없는 인간이군."

한 걸음 더 옮기는 순간 귀에 울리는 나직한 목소리.

'헛, 언제…….'

내가 감지를 못했건만 어느새 내 옆으로 다가오는 마족.

나이는 사십대 초반으로 보이고 단정하게 자른 머리칼과 검푸른 눈동자가 인상적인 사격 턱의 마족.

'강자다!'

말하지 않았지만 느낄 수 있었다.

상당히 발달한 내 감각을 무시하고 옆으로 다가올 정도라면 세를리아보다 강하다는 이야기.

"마황님의 친위대 앞에서 마황님의 권좌를 향해 걸어가다니. 자네 목은 두 개인가? 아니면 인간이라 그런 것인가?"

"친위대라니……."

"저기 안 보이나. 마황님이 사라지고 99년 동안이나 스스로 마법을 펼쳐 석화가 된 친위대가 말이야. 나도 저들이 열 명 이상 달려들면 소멸을 각오해야 하는데. 자네는 무슨 깡으로 그러는가?"

'서, 석상이 아니었어?'

옆에서 들려오는 말에 간이 떨려왔다.

마황이 사라진 뒤에 99년 동안이나 스스로 마법을 펼쳐 석화가 된 마황 친위대.

무서웠다.

'99년? 미친 똘아이들 같으니라고.'

호랑이도 쑥과 마늘로 100일을 못 버티고 사람이 되지 못했건만 스스로 자학하며 99년이나 돌로 서 있다는 마황 친위대.

그들의 똘끼에 경의를 표하는 바였다.

"모르고 그랬다고 하더라도 큰일 날 뻔했어. 딱 한 발자국만 더 움직였다면 저들이 깨어나 99년 동안 참았던 분노를 온몸으로 받을 뻔했으니."

친절한 마족의 설명.

고개를 밑으로 내려 바라보았다.

'이건 또 뭐야?

이제야 눈에 들어오는 미세한 선.

마황의 권좌로부터 원형으로 새겨져 있었다.

그리고 정말로 한 발자국만 더 움직였다면 그 선을 넘을 뻔했다.

'씨이, 정말로 골로 갈 뻔했네.'

99년 동안 쌓았을 한을 생각하자 온몸이 싸늘하게 굳었다.

복날 몽둥이찜질을 당한 개처럼 얻어 맞아 죽을 뻔했다는
생각에 등골이 오싹해진 것이다.
"그런데 누구신지요?"
"나 말인가?"
내 물음에 눈을 동그랗게 뜨는 마족.
'검은 머릿결로 보아 최상급 마족, 거기에다가 나이 좀 들
어 보이니 마생 좀 산 양반이군.'
"율리우스."
'율리우스? 최상급 마족이 달랑 이름 하나?'
들어본 적 없었다.
마족들처럼 최상급 마족이나 강자에 대하여 관심이 전혀
없는 나.
"이름 좋으십니다."
"오! 그런가? 처음 들어보는 칭찬이네."
'이 양반도 특이하네.'
오래 사는 마족들 중에 테르드오 할배처럼 정신줄 놓은 이
들이 있었다.
율리우스라는 이 마족도 그런 부류인 것 같았다.
"최상급 마족이십니까?"
"그렇네."
"잘나가십니까?"

"응? 그게 무슨 말인가?"

"다른 마족 앞에서 침 좀 뱉으십니까?"

"……."

내 말에 벙찐 표정을 짓는 율리우스.

"푸하하하하하하하하! 혹시 그 말이 내가 예상하는 그 말인가?"

센스가 없는 마족은 아니었다.

끄덕.

"그럼, 그렇다고 해두지. 마족들 중에서 내 앞에서 고개 숙이지 않는 마족은 몇 되지 않는다네."

'오! 힘 좀 쓴다는 거네?

몇 되지 않는다는 소리는 그만큼 힘을 중시하는 마족 사회에서 인정받는다는 의미.

친하게 지낼 필요가 있었다.

"잘 부탁드립니다."

고개를 바로 숙였다.

"자네를? 하하. 재미있는 인간이군. 세를리아가 인간을 소환수로 삼았다는 소리에 궁금했는데 이제 그 이유를 알 것 같아."

"주인님을 아십니까?"

"세를리아를 무척 아끼는 편이라네."

‘거짓말은 아닌 것 같고.’

어지간한 일이 아니면 거짓말을 모르고 사는 마족들.

율리우스의 눈동자에서 거짓을 읽을 수 없었다.

“그런데 이름이 왜 그리 짧은지요? 다른 최상급 마족님들은 아주 이름이 길던데…….”

“귀찮아서 버렸네. 이 나이 먹고 다른 마족들에게 도전할 것도 아니고 따로 나에게 도전하는 놈들도 없으니 자식들에게 다 물려주었네.”

‘엥? 귀찮아서 버려?’

명예에 목숨을 걸고 사는 마족 입에서 나올 말이 아니었다.

“가문 대대로 내려오는 율리우스라는 이름만 남겨뒀지.”

‘가문?’

마계에서 가문이라는 말을 쓸 수 있는 존재는 몇 명 없는 걸로 알고 있었다.

마황을 보좌하는 위대한 마계의 네 기둥이라는 마왕들.

즉, 마계의 사대장로 급만이 가문이라는 말을 사용한다 들었다.

‘서… 설마!’

눈앞의 마족이 사대마왕이라 불리는 존재가 아닌가 하는 의심이 들었다.

처저저저적.

그때 대전 안으로 들어서는 다섯 명의 마족들.

‘포스 장난 아닌데.’

마황 친위대가 석상으로 있다는 것을 알고도 거침없이 다가왔다.

“주군, 다른 마왕님들이 찾으시옵니다.”

‘헐……’

설마가 역시나가 되었다.

‘마왕이었어, 마왕……’

마황이 존재하지 않는 현 마계의 지존들 중 한 명.

다른 마족들과 달리 초탈한 모습을 보이는 율리우스.

“성격들 여전히 급하다니까. 쯧쯧.”

다른 마왕들이 부른다는 소리에 혀를 차는 율리우스 마왕.

‘마왕이 이렇게 착하게 생겨도 되는 거야?’

사람들이 생각하는 마왕은 입에서 분노의 불길을 뿜어내며 인간들의 피를 음료수 대신 마시고, 갈비뼈로 이를 쑤신다는 공포의 존재.

그런데 배 나온 상사 아저씨들같이 연안한 분위기를 풍겼다.

“카르얀이라고 들었네. 내일 자네의 활약을 기대하겠네. 자네의 이름을 노리고 우리 애들도 몇몇 참가할 것 같아. 잘 부탁하네.”

“네? 네에…….”

도대체 무얼 부탁한단 말인가.

죽는 것쯤을 무슨 게임하듯이 즐기는 마족들.

이곳은 내가 정착해 살 곳이 아니었다.

“그리고 혹시나 해서 하는 말인데, 저 검에 대해서 궁금해하지 말게. 마황님이 사용하는 검은 잘못 만지는 순간 그대로 재로 변해 버리네.”

‘마, 마황의 검!’

살짝 의심은 갔지만 예상치 못한 한마디.

품고 있는 힘은 강대했으나 장식은 평범한 검.

그런 검이 마황이 쓰던 검이라 하였다.

“그럼 내일 보세나.”

친절하게 먼저 인사를 건네고는 등을 보이고 휘적휘적 걷는 마왕 율리우스.

찌리릿.

그를 따르는 상급 마족들의 눈에서 레이저가 튀어나왔다.

감히 자신들의 하늘 같은 주군과 인사를 나누는 건방진 인간에 대한 적개심.

아마 내일 내 목숨을 노리고 달려들 놈들 중에 저들도 있을 것이 분명했다.

‘뭘 봐, 새끼들아~! 꼬우면 니들도 인간 해!’

눈싸움에서 질 내가 아니었다.

씨익 입가에 시원한 비웃음도 곁들여 상큼하게 놈들을 배웅했다.

그리고 한 손으로 주먹 쥔 팔뚝을 감싸고 인사를 대신했다.

'엿이나 처드세요~'

Chapter 24
시작되는 결투

마계 대공 연 대 기

'드디어 시작인가.'

마황의 대전에서 그렇게 마왕 율리우스를 배웅하고 난 뒤에 갑자기 마황성의 마족들이 나타났다.

그리고 다짜고짜 험하게 인상을 쓰면서 내 방으로 끌고 가다시피 했다.

쪼잔한 율리우스 마왕의 부하들이 꼰지른 것이 분명했다.

'음식도 형편없고. 마황성이라고 별 볼일도 없네.'

사형수도 사형 집행일에는 맛난 것을 대접한다 들었건만,

방으로 배달된 음식은 꿀꿀이가 먹어도 욕할 정도로 형편없었다.

세를리아 성에 있을 때와는 비교할 수 없는 박대.

마족들이 인간들에 대하여 어떻게 생각하고 있는지 여실히 알 수 있는 대목이었다.

"나와라, 인간."

그것뿐만 아니었다.

무슨 말을 들었는지 내 방 앞에서 감시를 하는 두 명의 상급 마족.

포로가 된 기분이었다.

"형씨들, 밤새 보디가드해 줘서 고맙소. 하하하."

뭐, 그렇다고 기가 죽지는 않았다.

오늘 벌어질 화끈한 한판 승부.

잔챙이들과 신경전 벌일 일은 없었다.

"카르얀……."

'엥? 왜 이리 바짝 마른 거야?'

밖으로 나오자 모습을 보이는 세를리아와 쌍둥이 마족.

세를리아의 얼굴은 하룻밤 사이에 야위어 있었다.

'나 때문이군.'

오늘 도살장에 예약된 나 때문이라는 것을 알았다.

마족치고는 너무나 착하고 여린 세를리아.

공포의 마황 딸이라고는 믿을 수가 없었다.

"어서 가시지요, 주인님. 마신님의 축제를 손꼽아 기다려 왔습니다."

걱정하는 여인 앞에서 울상을 짓는 일은 바보 같은 남자나 하는 행동.

씩씩하게 웃으며 세를리아의 슬픈 눈동자를 보았다.

"응……."

다른 마족들 앞에서는 한없이 강하다가도 내 앞에만 서면 여려지는 세를리아.

그녀의 모습이 나쁘게 보이지 않았다.

아름다운 여인에게서 관심받는 남자의 마음.

흐뭇함 그 자체였다.

'바보, 바보.'

자신이 처참하게 죽을지도 모르건만 씩씩한 모습을 보이는 인간 소환수 카르얀.

왜 카르얀만 보면 마음이 아프고 약해지는지 세를리아는 알 수 없었다.

처음 그를 만날 때가 생각이 났다.

소환수를 낚기 위하여 던진 소환 목걸이를 목에 걸고 나타난 인간 소환수.

살아남기 위하여 애쓰는 그 모습이 신기하면서도 재미있었다.

또한 크랄루의 전투에서 보였던 마족 못지않은 그의 투지.

그날 이후로 인간이 아닌 같은 마족처럼 느껴졌다.

그리고 그의 품에 안겼을 때 느꼈던 희미한 추억의 그림자.

'아빠를 닮았어…….'

그러했다.

놀랍게도 카르얀의 품에 안겼을 때 자신의 추억 저편에 남아 있던 마황인 아빠의 향기를 느낄 수 있었던 것이다.

'죽지 마, 제발…….'

아빠를 생각나게 하는 카르얀.

살려내기 위하여 마계 최고 마법 스승인 테르드오까지 초빙했었다.

가면을 쓰고 최상급 마족으로 살아가고 있지만, 마음은 한없이 어린 세를리아에게는 언제나 무섭고 힘든 마족 생활.

이제 카르얀은 세를리아에게 없어서는 안 될 소중한 존재가 되어 있었다.

힘들 때, 자신을 위하여 맛있는 음식을 만들어주며 웃음을 주는 인간 소환수 카르얀.

그는 어느새 세를리아의 마음속에 깊은 발자국을 남기고

있었다.

둥! 둥! 둥! 둥! 둥! 둥!

북소리가 들려왔다.

세를리아와 쌍둥이 마족, 그리고 인도하는 마황성의 말없는 마족들과 함께 길고 긴 마황성의 회랑을 도는 사이, 진동을 높이며 울리는 북소리가 귓가에 울려 퍼져 왔다.

'벌써 밤이군.'

어느새 회랑 안으로 쏟아져 들어오는 빛의 기운은 밤의 옷자락.

마신 축제는 밤에 열리는 것 같았다.

척척척.

말이 없었다.

세를리아를 비롯해 누구 하나 말없이 회랑을 걸었다.

나처럼 뭇 마족들에게 멸시받는 이 자리가 가히 기분 좋지 않을 세를리아.

점점 얼굴이 차갑고 딱딱하게 굳어지고 있었다.

파앗!

회랑의 끝이라 생각되는 부근.

갑자기 강렬한 빛이 눈동자에 스며들어 왔다.

손을 가져가며 급히 눈을 감았다.

그리고 천천히 눈을 뜨며 빛에 적응하였다.

"……!!!"

서서히 떠지는 눈동자에 보이는 광경.

"헉……!"

충격이었다.

'이것이 마신 축제…….'

지금껏 걸어온 회랑이 축구장 십여 배는 될 듯한 엄청난 원형 경기장 안으로 들어서는 문이었다.

그렇게 들어선 문.

"와아아아아아아아아아아아아아아아아!"

경기장 중앙의 200미터가 넘는 허공 중앙에 떠 있는 지름 10미터 정도의 둥그런 핏빛의 붉은 태양 문양의 상징물.

그 상징물을 향해 일어나 환호성을 지르는 마족들.

'수십만…….'

놀랍게도 21세기 그 어디에도 존재하지 않는 로마 시대의 건축물 같은 대형 경기장 안에는 수십만의 마족들이 들어차 있었다.

쿵! 쿵! 쿵!

심장이 뛰었다.

일반인도 아니고 대부분 엄청난 마력을 뿜어낼 수 있는 마족들이 마음껏 소리 지르며 발산하는 마력의 폭풍.

휘리리리리리링.

경기장 안에는 엄청난 마력이 휘몰아치고 있었다.

파아아아아아아아아아아앗!

마족들이 뿜어내는 마력이 갑자기 대형 태양 조각물로 빨려 들어가며 빛을 뿜어내기 시작했다.

'마력 태양!'

어둠이 내려앉은 밤.

하늘 위에 떠 있는 별들과 달들이 있건만 경기장 안에 태양이 뜨기 시작했다.

"경배하라! 위대한 마신께!"

"와아아아아아아아아아아아아아아아아아아!"

"마신 강림! 마신 강림!"

"……."

입이 턱 하고 벌어졌다.

완벽한 광신도들이 보이는 행태.

수십만 마족들이 마신 강림을 외치며 마력을 뿜어내는 모습.

그 엄청난 마력을 빨아들이는 태양의 조형물.

'도대체 저 마력이 얼마야?'

원자력 발전소는 쨉도 안 될 것 같았다.

무엇으로 만들어졌는지는 몰라도 마족들의 마력을 모조리

흡수하는 마신을 상징하는 태양 조형물.

마족들의 집단 광기에 고개가 설레설레 저어졌다.

"이쪽으로 오십시오."

잠시 멈췄다 세를리아를 안내하는 마황성의 마족들.

'호오, VIP석이 따로 있네.'

경기장이 한눈에 보이는 중간 부근에 툭 튀어나온 자리.

수백 명이 앉을 수 있도록 자리가 만들어져 있었다.

영화에서나 나오는 로마 시대 귀족들의 자리처럼 말이다.

'헐, 여기가 무슨 조폭 회동장이야.'

자리를 보다가 눈에 들어오는 모습.

최상급 마족으로 보이는 자들이 앉아 있는 가운데 자리의 맨 뒤쪽에 호위하며 서 있는 험상궂은 마족들의 모습.

조폭 형님들을 경호하는 행동대장들 같아 보였다.

"이쪽으로……."

세를리아가 나타났건만 뒤를 돌아 눈길 한 번 주지 않는 최상급 마족들.

그들이 앉아 있는 자리에서 오만한 기세들이 풍겨져 나왔다.

'이게 말로만 듣던 마신 축제인가?'

어릴 적 진해에서 보았던 군항제나 기타 등등의 여러 축제.

감히 규모와 스타일 면에서 상대가 되지 않았다.

'여기 모여 있는 마족들만으로 세상을 쓸어버리겠네.'

21세기 첨단 과학 문명의 지구라 해도 상대하기 벅찰 마족들.

마법을 난사하고 로보트 같은 괴력을 사용할 수 있는 마족들이 등장하면 핵무기가 터져 자폭하기 전에는 절대 승산이 없을 것 같았다.

'그런데 이런 마족들하고 맞짱 떠서 천족하고 환수족이 버티고 있다고?'

마족 탐구생활도 흥미로웠지만 천족과 환수족도 궁금하였다.

"뒤에 서라."

다른 최상급 마족들에 비하면 한없이 초라한 세를리아의 호위 마족인 크라니크, 크라우슈 쌍둥이 마족.

그런 그들과 함께 제일 뒤편에 자리가 배정된 세를리아 뒤에 섰다.

파바바밧.

그 와중에도 느껴지는 다른 마족들의 날카로운 시선.

나와 세를리아에게 집중되고 있었다.

'도대체 마황은 어디로 튄 거야? 이런 좋은 자리 마다하고.'

계단식으로 이루어진 최상급 마족들을 위한 자리.

맨 앞의 넓고 화려한 황금과 은빛 금속으로 수놓아진 권좌.

마황의 자리가 분명했다.

그런 마황의 뒤편으로 자리 잡은 네 개의 자리.

'저들이 마계 장로인 사대마왕들이군.'

마황도 사사로이 처벌할 수 없는 마계의 최고위 귀족인 사대마왕.

'율리우스가 확실히 마왕이 맞군.'

익숙한 뒤통수도 있었다.

그런 사대마왕 뒤로 서열 순서대로 배정받음이 확실한 최상급 마족의 자리들.

미각성 최상급 마족인 세를리아의 현 지위를 보여주듯 그녀의 자리는 맨 뒤편이었다.

스윽.

어느 순간 마왕들 중에 한 명이 자리에서 일어났다.

율리우스처럼 사십대 초반으로 보이는 마왕.

"……."

그가 일어나자 그 순간 거짓말처럼 조용해지는 마족들.

방금 전까지 죽어라 마력을 발산하던 마족들의 모습은 어디로 가고 한순간에 입을 다물었다.

"모든 마족들의 아버지인 마신께서 강림하였노라! 저 불타오르는 마신의 심장은 축제가 끝나는 그날까지 아버지의 강

림을 상징하는 불꽃이 되었도다! 오오오! 모든 마족들의 처음
과 끝이신 위대하고 경이로우신 카르베트야님께 경배하노
라!"

광오함이 넘쳐 나는 강력한 마력이 담긴 마왕의 음성.

스피커도 없건만 거대한 경기장 곳곳에 메아리처럼 울렸
다.

"이제 마황의 대리자인 나 마신의 두 번째 아들인 마왕 포
르테니우스의 이름으로 선포하노니! 모든 마족들이여, 즐거
워하라! 마신의 축제가 시작되었노라!!!"

"와아아아아아아아아아아아!"

"마신 강림! 마신 강림! 마신 강림!"

쿵! 쿵! 쿵! 쿵! 쿵! 쿵! 쿵!

함성과 함께 마신 강림을 외치며 발로 바닥을 박자에 맞춰
내리치는 마족들.

둥~! 둥~! 둥~! 둥~! 둥~!

경기장 상단에 위치한 수백 개의 대형 가죽 북이 힘차게 울
려 퍼지기 시작했다.

'올림픽 개막식은 애들 장난이네.'

과학 문명의 기술은 미약하지만 빈자리를 채우는 마력과
마법 공학.

거기에 마신을 향한 절대 충성을 다짐하는 마족들의 광기

어린 충성 서약.

오금이 저릴 정도로 강대한 울림이었다.

스윽!

손을 드는 마계 조폭 서열 2위가 분명한 포르테니우스.

마력 덕분에 시력의 제한을 거의 받지 않는 마족들이 다시 입을 다물었다.

"영광스러운 마신께 올릴 뜨거운 피의 제단을 열겠노라! 마신께 축복을 받았다 생각하는 자들은 앞으로 나오라! 와서 축복이 거짓이 아닌 진실임을 스스로 증명하거라!"

'헉! 버, 벌써 시작하는 거야?

마족들이 일 년 중 제일 손꼽아 기다린다는 마신 축제.

폭죽도 터뜨리고 음식도 나눠 먹으며 야바위꾼들과 흥정하는 그런 그림을 그리지는 않았다.

그래도 명색이 신을 기리기 위한 축제일이기에 마족들이 준비한 풍성한 볼거리를 기대했었다.

그런데 분위기로 보아 바로 피비린내 나는 이름 따먹기 살육전이 시작될 것 같았다.

'이 무식이 지식이 된 밥통 같은 놈들!

힘만 센 무식이들이 노는 방법도 참 유치하고 살벌했다.

'설마 내가 첫 타자는 아니겠지.'

피부로 팍팍 느껴지는 뭇 마족들의 따가운 시선.

최상급 마족에게서 이름을 받은 나를 유괴하기 딱 좋은 돈 많은 아들내미로 보는 이 느낌.

'와아, 내가 니들 밥이야?'

이래서 인간 세상이나 마족 세상이나 힘이 있어야 했다.

힘없는 자들은 밥이 되는 더러운 세상.

가슴에서 꼬라지가 활활 타올랐다.

파앗!

그때, 한 마족이 마신의 심장이라 불리는 조형물 밑의 대련장에 나타났다.

마법 처리를 거친 듯 깨끗하고 단단한 돌로 만든 가로세로 200미터 정도 되는 대형 대련장.

순간 이동 마법을 펼쳤는지 순식간에 등장했다.

"모든 마족과 제 영혼의 주인이신 자애의 아버지 마신께 경배를 표합니다."

마력을 사용하는지 내 귓가에도 생생히 울리는 마족의 목소리.

마신의 심장이라는 마력 조형물을 향해 깊숙이 고개를 숙이며 예를 올렸다.

"파르케온이 벌써 나오다니⋯⋯."

조용히 있던 크라니크 입에서 나오는 파르케온이라는 이름.

"누굽니까?"

"최상급 마족이 될 수 있는 첫 번째 유력자라 불리는 강자다. 지난 20년 동안 파르케온에게 이름을 빼앗긴 상급 마족들의 숫자가 100이 넘어간다."

'100명씩이나!'

20년 동안 마신의 축제 때 살아남았다는 마족.

특이하게 상급 마족치고는 검은빛이 넘실거리는 붉은 머리카락을 소유한 자.

좌우 동체 시력 2.0에 내공 덕분에 대련장에 올라서 있는 놈이 똑똑히 보였다.

상급 마족을 상징하는 붉은 망토로 갑옷과 몸을 덮고 있는 놈.

마신께 인사를 올리더니 마왕들과 최상급 마족들이 있는 단상으로 고개를 돌렸다.

"마계 7군단 소속 파르케온. 마신께 첫 번째 제물을 올리고자 하나이다. 위대하신 마왕님들이시여, 허락하여 주시옵소서!"

고개를 숙이며 허락을 구하는 파르케온.

'마계 7군단이면 차원의 영토를 방어한다는 최정에 마족들 집단이 아닌가.'

마족들이라고 다 같은 마족일 수 없었다.

능력이 뛰어난 자들은 대부분 마계 군단에 속하였다 들

었다.

'포스가 장난 아니네.'

최상급 마족이 예약될 정도로 강자인 파르케온.

줄기찬 투기가 놈의 몸에서 흘러나왔다.

"허락하노라."

조용하고 나직한 포르테니우스의 목소리.

"감사합니다."

허락이 떨어지자 고개를 들며 자신만만한 미소를 짓는
놈.

스윽.

눈길을 돌리며 사방의 마족들을 바라보았다.

수십만 명의 시선을 받건만 전혀 위축됨이 없는 파르케
온.

파바밧.

어느 순간 사방을 살피며 대적자를 찾던 놈의 눈동자와 내
눈동자가 정확히 허공에서 부딪쳤다.

'저… 새끼가.'

준비는 하고 있었지만 놈의 직접적인 시선을 받자 심장이
차갑게 식었다.

"아버지 옥타리우스에게 이름 받은 파르케온, 존경하옵는
최상급 마족 세를리아 포이든 베르슈테트 아크라이슈 제로니

안 로히비트 타유슈트아님께……."

어느새 나에게서 시선을 돌려 세를리아를 바라보며 비릿한 미소를 짓고 있는 파르케온이라는 자.

파르르.

세를리아를 바라보는 시선에 급격하게 반응하는 크라니크, 크라우슈 쌍둥이 마족.

'세를리아에게 도전을?'

아직 미각성 마족이자 마황의 명으로 보호를 받고 있는 세를리아.

그녀를 바라보며 놈은 천천히 입술을 움직였다.

"이름을 받은 카르얀이라는 인간 소환수에게 피의 제단을 요청하는 바이다!"

쿠구궁!

'짱나네.'

하필이면 첫 타자.

그것도 상급 마족들 중에서도 악명이 자자한 놈의 지목.

그때 나를 돌아보며 미소 짓고 있는 재수탱이 최상급 마족 놈의 쌍판이 보였다.

'레비테우스… 이 씨방세.'

필시 저 새끼의 사주를 받았음이 분명했다.

아무리 내 이름이 탐난다지만 인간 소환수인 나를 무식한 놈이 지목할 리가 없었다.

세를리아가 최상급 마족이지만 서열은 저 밑바닥.

그런 세를리아가 하사한 이름 따위를 저 새끼가 좋아할 리가 없었다.

"크라니크, 대신 나가면 안 되나요?"

옆에 서 있는 크라니크에게 의향을 물었다.

"큼큼."

헛기침을 하며 내 눈을 마주치지 않는 크라니크.

"마신의 영광을 위하여 최선을 다하라."

평소 말이 없던 크라우슈가 묵직한 음성을 토해냈다.

'마신의 영광? 누구 좋으라고!'

마족도 아닌 내가 마신의 영광을 위하여 저 백정 같은 놈에게 장렬히 칼침 맞을 이유가 없었다.

하지만 이 정도는 각오하고 있었다.

'그래, 오늘 니들 세상 밖의 세상이 있음을 보여주마.'

파르케온의 지목에 마족들 모두의 시선이 나에게 향했다.

마력을 사용하기에 먼 거리에서도 나를 똑똑히 볼 수 있는 마족들.

"마신께 영광을! 마신께 영광을! 마신께 영광을!"

쿵! 쿵! 쿵! 쿵! 쿵!

‘마신께 영광을’ 이라는 말을 뱉으며 바닥을 발로 차는 마
족들.

조금만 지체했다가는 몰매를 맞아 죽을 수도 있었다.

“크라니크…….”

“…….”

내 말에 고개를 돌려 바라보는 크라니크.

“저기까지 좀 부탁해요.”

“……?”

‘아놔! 이 양반아, 난 마법을 모른다고!’

중앙 대련장까지 거리는 대충 잡아도 500미터 정도.

더욱이 최상급 마족들이 착석한 로얄석에서 바닥까지는
족히 100미터 정도.

뛰어내리다가 발목이 삐어 저대로 붙어보지도 못하고 죽
을 수도 있었다.

“내가 데려다 줄게.”

널찍한 가죽 의자에 앉아 있던 세를리아가 자리에서 일어
났다.

“주, 주군…….”

당황한 크라니크의 음성.

“내 소환수다.”

간결한 세를리아의 한마디.

사락.

뭇 마족들의 시선이 나에게 향하고 있건만 내 오른손을 잡는 세를리아.

부웅 몸이 떴다.

그리고 천천히 하늘을 걷듯 대련장으로 날아가기 시작했다.

Chapter 25
마계 二군단장 에릭투스

"반드시… 살아남아. 주인으로서 명령이야……."

'세를리아…….'

꿈에서도 상상 못한 이런 장면.

마계 소녀와 손을 잡고 대련장으로 날아가고 있었다.

그리고 한 번만 봐도 평생 잊혀지지 않을 것 같은 아름다운

마계 소녀가 나에게 죽지 말라고 명령을 내렸다.

명령이라지만 목소리 가득 근심과 슬픔을 담고서.

"날 믿어. 널… 지켜줄게."

흠칫.

처음으로 나오는 자연스러운 반말.

순간 놀라는 세를리아.

지금껏 주인이라 불렀지만 이 순간만큼은 그러고 싶지 않았다.

남자는 여자를 보호하기 위하여 태어난 존재라고 언제나 말씀하시던 아버지.

자신의 잘못도 아니건만 의료사고로 숨을 거둔 어머니를 지켜주지 못한 마음에 지금껏 괴로움의 길을 걸어왔다는 것을 알고 있었다.

어릴 적 오줌이 마려워 새벽에 잠이 깬 적이 있었다.

그때 어머니의 사진을 품에 안고 웅크려 자고 있던 아버지를 보았다.

남자는 죽어서도 눈물을 흘리면 안 된다고 나에게 가르치셨으면서도 눈가에 눈물자국 가득하던 아버지의 얼굴.

그런 아버지의 말이 이제야 이해가 갔다.

"응……."

화를 내지도 않고 '응'이라 대답하는 세를리아.

차악.

어느새 바닥에 닿는 두 발.

"흐흐흐. 소문대로 하찮은 인간 소환수를 애지중지하시는군요."

세를리아를 향해 재수없는 웃음을 흘리는 파르케온.

다른 최상급 마족들에게 보이는 진심 어린 공경 따위는 보이지 않았다.

"감사합니다, 주인님."

하지만 오늘의 주적은 저놈이 아니었다.

세를리아를 향해 고개를 숙여 예를 표했다.

"저놈의 입을 찢어버리면 좋겠어."

'헐.'

방금 전까지 나에게 보였던 오붓한 마음은 어디로 가고 입을 찢어버리면 좋겠다는 살벌한 단어를 뱉어내는 세를리아.

"감사한 줄 알아. 만약 축제 기간이 아니었다면……."

파스스스스스.

"헛!"

말과 함께 갑자기 파르케온에게 몰아치는 농밀한 마력의 파장.

다급한 비명을 터뜨리는 놈.

치지지지지지지지직.

놈이 급히 만들어낸 마력 실드가 세를리아의 마력에 의하여 불꽃을 튀기며 녹아내렸다.

'그래, 여자가 저 정도 성깔은 있어야지.'

나한테만 안 그러면 되었다.

파앗.

가볍게 공격을 퍼붓고 그 자리에서 꺼지듯 사라지는 세를리아.

순식간에 공간을 이동해 본래 자신의 자리로 돌아가 버렸다.

"감히… 주제 파악도 못하는 계집년이. 으드득."

불의의 기습에 이를 가는 놈.

아무리 마족들이라 해도 마력을 섞지 않고 중얼거리는 대화는 듣기 힘든 법.

하극상을 심하게 처벌하는 마족 사회에서 용납할 수 없는 단어를 입에 담았다.

"지랄하네."

세를리아에 대하여 욕하는데 좋은 말이 나갈 리 없는 내 입.

"……?"

한국어 지랄이라는 뜻을 모르는 놈은 나를 급히 바라보았다.

"지금 결투가 시작된 거 맞지?"

"그, 그렇다."

자신 앞에서 쫄지 않고 입을 여는 나를 향해 그렇다 답하는 파르케온.

"그럼 좀 맞자."

"……?"

말뜻을 이해 못하는 놈.

아마도 자신 앞에서 이렇게 당당한 하급 마족, 아니, 인간은 처음 만나리라.

창!

가볍게 뽑혀지는 검.

본래는 최상급 마족과 한판을 떠야 했지만 나의 꽃사슴 세를리아를 향해 내뱉은 한마디가 나에게 검을 뽑게 만들었다.

"푸하하하하하하하! 가소로운 인간 놈. 스스로 날지도 못하는 놈이 감히 어디서……."

'증폭의 바람 롸! 파괴의 망치 카! 놈을 날려 버려!'

파앗!

내공을 쭉쭉 빨아먹은 중급 마력검.

박장대소를 터뜨리며 웃고 있는 놈의 몸뚱이를 향해 거침없이 폭사되어 갔다.

"헉!"

갑작스러운 공격에 신음을 터뜨리는 놈.

차앙!

놈의 마력검이 뽑혀졌다.

'늦었어!'

하지만 마력을 불어넣고 내 검을 막기에는 너무 늦었고, 거리도 짧았다.

마력이 활성화되지 않은 검으로 고대 마법 주문어가 들어간 내 검을 막는 놈.

"……!!!"

그러나 증폭의 바람 롸와 파괴의 망치 카가 주인을 제대로 만나 발휘되는 마력검.

그대로 놈의 검을 후려쳐 갔다.

콰아아앙!

콰직.

귀청을 울리는 강렬한 폭음.

"크아아아아아아아아아아아아악!"

목청이 찢어질 것 같은 괴로움 가득한 비명.

퍼덕.

챙그랑.

순간의 방심이 가져온 어처구니없는 결과.

검을 잡고 있던 놈의 팔뚝이 강렬한 충격파에 너덜너덜 찢겨 나갔다.

동시에 검이 멀찍이 날아가 바닥에 떨어졌다.

촤아악!

갑자기 찢겨져 나간 놈의 팔뚝에서 솟구쳐 오르는 피분수.

'이, 이렇게 강력하다니……'

공격했던 나도 놀라고 말았다.

고대 마법 주문어를 사용해 기습 공격을 감행했지만 자체 마력으로 기본적으로 보호가 되는 상급 마족의 팔뚝이 이리 쉽게 찢겨 나갈 것은 생각하지 못했다.

"와아아아아아아아아아아아아아아아아!!!"

"피의 제단이 열렸다! 피의 제단이!"

인간인 내가 이겼음에도 상관없이 극도로 흥분한 마족들.

마신에게 바쳐질 피의 제단이 열림에 흥분하여 경기장이 떠나가라 목소리를 높였다.

'검투사가 된 것 같군.'

영화에서 보던 로마 시대 검투 장면.

피가 튀고 목이 잘려 나가야 흥분하던 로마의 덜떨어진 시민들.

그런 로마인들과 마족인들이 겹쳐 보였다.

'에휴, 미친놈들.'

말해야 입만 아픈 무식이 지식이 된 놈들.

척!

잘려 나간 오른팔을 왼손으로 누르며 바닥에 무릎을 꿇고 고통을 참고 있는 파르케온.

놈의 목에 마력검을 들이댔다.

“힘도 없는 주제에 어디서 주둥이질이야.”

상처를 입은 자의 목에 검을 들이대는 짓은 성격과 맞지 않았지만 여기는 마계.

상식이가 살 수 있는 곳이 아니었다.

“크으…….”

자신의 목에 검이 닿은 순간 짧은 신음을 토하는 파르케온.

죽음을 두려워하지 않는 마족답게 공포보다는 나를 향해 끊임없는 적개심을 드러냈다.

“꺼져!”

퍽!

콰다당.

재수없는 놈의 몸뚱이를 발로 힘차게 걷어찼다.

마법의 힘으로 저 정도 상처는 쉽게 치료할 수 있는 마족들.

“두, 두고 보자!”

바닥에 뒹굴면서 두고 보자 이를 가는 놈.

“병신.”

나를 두고 보고 할 것도 없을 것이다.

인간 소환수에게 패배한 마족 따위는 마계에서 얼굴을 들고 살 수 없을 것.

“죽여라! 죽여라! 죽여라!”

마족들이 패배한 마족을 죽이라 소리쳤다.

무려 수십만 명이 내는 죽이라는 합창.

광기에 젖은 그들의 목소리에 고막이 후덜덜 떨려왔다.

스윽.

검을 잡은 오른손을 들었다.

척!

그리고 왼손으로 오른쪽 팔뚝을 받치며 죽이라 소리치는 뭇 마족들에게 대형 엿(?)을 먹여갔다.

‘이거나 처먹어, 똘아이들아!’

“……”

죽이라 외치던 마족들이 일순간 조용해졌다.

내가 먹이는 엿이 무슨 의미인지는 몰라도 모욕을 주는 행동이라는 것쯤은 눈치로 파악한 마족들.

“저 인간 놈이!”

“감히 어디서!”

“죽여라! 저 인간 놈을 죽여!!!”

계획한 바는 아니지만, 흥분해 길길이 날뛰는 마족들.

'음하하하! 이제야 속이 좀 풀리네.'

마족들의 꼭지 돈 모습에 가슴 한쪽이 시원해졌다.

마계물과 음식을 먹었더니 간이 제대로 부은 듯, 마족들의 죽이라는 말들이 자장가처럼 들려왔다.

팟! 팟! 팟!

그 순간 내 주변으로 모습을 드러내는 십여 명의 마족들.

스스스스스스스.

놈들의 몸에서 강력한 마력장이 뿜어져 나왔다.

'어쩌나, 막간 쇼는 여기까지인데.'

방금 쓰러진 마족의 이름을 얻은 나를 처치하기 위하여 모여든 또 다른 상급 마족들.

순번도 정하지 않고 비매너적인 행동을 보였다.

"위대하신 마왕 전하님들이시여! 저의 모든 것인 세를리아 포이든 베르슈테트 아크라이슈 제로니안 로히비트 타유슈트 아님에게 이름을 받은 소환수 카르얀! 한 가지 청이 있사옵니다!"

둘러싼 마족들은 바라보지 않고 로얄석에 자리 잡은 마왕들을 향해 내공을 섞어 힘차게 소리쳤다.

"……"

나의 커다란 목소리에 죽이라 소리치던 마족들의 입이 다

물어졌다.

마왕을 거론하자 자신들이 끼어들 자리가 아님을 안 것이다.

"무슨……."

"헛……."

나의 급작스러운 행동에 내 이름을 뺏고자 달려왔던 상급 마족들이 당황하기 시작했다.

'니들 정도 잔머리는 지구에서는 머리 축에도 못 들어, 이 무식이들아.'

나에게 무식이들로 찍힌 마족들.

"말하라, 소환수 카르얀."

마왕의 일인자 포르테니우스가 말하라 허락하였다.

"비록 제가 인간 소환수라 하지만 마신의 율법에 의하여 최상급 마족님에게 이름을 받은 자. 피의 제단을 지목당함에도 인간이 아닌 마족의 마음으로 참가하였사옵니다. 이 점은 영명하신 마왕님들과 여러 최상급 마족님들, 그리고 모든 마족들이 알고 있는 일이옵니다."

목표를 취득하기 전에 까는 포석.

"……."

마왕 이하 모든 마족들이 귀를 기울였다.

마계 사회에서는 쉽게 볼 수 없는 잔머리질을 무식이들이 알 수는 없을 것이었다.

"제가 마신의 율법에 어긋나지 않는 자격이 있는지 다시 확인을 부탁드리는 바입니다."

"그렇다. 너는 마신의 율법에 어긋나지 않는 자격을 갖추었노라. 마족에게 이름을 받은 자는 그 누구라도 마신의 율법 안에서 거하는 마족이 되는 것이다."

순순하게 확인해 주는 포르테니우스.

'아저씨, 고만 웃지.'

내력과 시력이 집중되었기에 포르테니우스 옆자리에 앉아 실실 쪼개고 있는 율리우스 마왕을 볼 수 있었다.

내 수작을 대충 알고 있다는 표정.

누구는 목숨을 걸고 있는 한판 도박에 율리우스 마왕은 괜찮은 장난감을 발견했을 때 보이는 미소를 머금고 있었다.

"그럼 마신의 율법으로 청하는 바이옵니다! 마족 카르얀, 마신께서 허락한 마족의 권리로 최상급 마족을 피의 제단에 초청하겠사옵니다!"

쿠우우우웅!

"헉……!"

"최, 최상급 마족……!"

"마, 말도 안 돼!"

마족들의 심장 떨어지는 소리가 사방에서 들려오는 것 같
았다.

그리고 나를 죽이고 명예를 차지하기 위하여 모여든 불나
방 상급 마족들의 입에서 연속으로 당황의 목소리가 뱉어져
나왔다.

'후후후. 다들 놀라는 표정이군.'

최상급 마족들이 누구인가.

마계에서는 거의 대영주에 해당하는 최상부 권력자들이
다.

자기 휘하 상급 마족들도 꼬투리만 잡히면 목을 따버리는
무식이 대장들.

마계의 보스 급들을 향해 일개 인간 소환수가 피의 제단
을 청하자 로얄석에 앉은 마족들이 어이없다는 표정을 지었
다.

감히 상급 마족도 아닌 일개 인간 따위.

그것도 마법도 펼치지 못하는 존재가 자신들을 지목하자
기분 나빠하는 표정이 역력했다.

'세를리아, 걱정하지 마.'

물론 최상급 마족들 중에서도 나를 향해 걱정의 에너지를
보내는 이도 있었다.

발언이 파격적이었는지 마왕 포르테니우스가 주변의 마왕

들과 의견을 나누는 모습이 보였다.

마계 역사상 단 한 번도 없었던 파격적인 발언.

중급 마력검 하나 달랑 차고 마법도 펼치지 못하는 인간 소
환수가 율법을 운운하며 최상급 마족에게 피의 제단을 청하
는 모습.

밥상 앞에서 죽지 못해 발광하는 똥파리를 보는 기분일 것
이다.

'한 놈만 패면 된다, 한 놈만……'

최상급 마족을 상대하지 못하면 내가 죽어 쓰러질 때까지
상급 마족 놈들이 덤벼들 것이다.

방금 전은 운이 좋아 상급 마족 놈을 처리할 수 있었지만
두 번째는 장담하지 못했다.

"율법에 의거하여 상급 마족을 쓰러뜨린 카르얀에게 자격
을 허락하는 바이다!"

무식하지만 잔머리를 굴릴 줄도 모르고 오로지 앞만 보고
달리는 마족들.

마왕 급이라도 다를 바가 없었다.

'나도 참 무식해.'

한 놈만 상대하기 위하여 시작한 무모한 도전.

무식이들과 있다 보니 나도 무식이가 되어가는 것 같았
다.

"감사합니다, 현명하신 마왕 전하!"

이미 빼어 든 검.

마계에 영원히 이름을 남기느냐, 아니면 개기다 발리는 멍청이로 기억되느냐의 갈림길.

로얄석에 앉아 있는 최상급 마족들을 응시하였다.

'어떤 놈을 고를까?

서열순으로 앉았다지만 내 눈에는 다 그놈이 그놈.

유치원생이 아무리 힘이 좋다고 해도 고삐리 형아한테는 안 되는 것처럼, 선택의 순간에도 가히 기분은 좋지 않았다.

'레비테우스……'

그러다 눈에 확 들어오는 한 놈.

마황의 둘째 자식이라 건방을 떨던 놈.

사냥 중에 나에게 입맛을 다시던 펠칸 녀석 다음으로 밤길 조심해야 할 놈.

놈에게 필이 확 꽂혔다.

'그래, 저 새끼랑 맞짱 뜨자.'

보아하니 서열도 마왕들 뒤편에 있는 것으로 보아 낮지 않은 편.

이왕 목숨을 걸고 하는 도박이니 판돈을 크게 걸 참이었다.

"저……."

"하하하! 건방진 인간 놈 같으니라고!"

막 입을 열고 레비테우스를 지목하려던 순간, 자리에서 벌떡 일어나는 한 놈.

'저건 뭐임미?'

레비테우스의 옆자리에 앉아 몇 마디 말을 나누던 최상급 마족 놈.

"마계를 수호하는 마계 11군단장 에릭투스. 하늘 높은 건방을 떠는 네놈의 검을 기꺼이 상대해 주마. 하하하하하하하하하!"

'켁! 마계 11군단장!'

이름은 모르지만 마계 11군단은 들어보았다.

마계에 존재하는 열한 개의 군단.

그중에서 차원의 영토 최전방에 위치한, 가장 강한 무력을 소유하고 있는 마계 최강의 군단.

바로 11군단을 지칭하는 말이었다.

팟!

놀라고 있는 사이 자리에서 번쩍 몸이 사라지는 놈.

파앗!

동시에 내 앞 10미터 앞에 순간 모습을 드러내는 에릭투스.

놈의 온몸에서 지금껏 맛보지 못한 강렬한 마력이 뿜어져
나왔다.
단숨에 나를 씹어 먹어버리겠다는 살기와 함께.

Chapter 26
이런 된장

‘이런 된장.’

레비테우스는 그래도 쬐금 만만했었다.

안면이 있다는 이유만으로 그를 선택하려는 마음도 있었
다.

그런데 매일 밥 먹고 피 튀기는 전장을 누비는 마계 11군단
장이 나설 줄은 몰랐다.

‘와아, 인상 더러운 것 봐!’

세를리아 성에 사는 마족들은 다시 생각해 봐도 꽃미남들
이었다.

마황성에 근무하는 마족들은 모두 인상으로 선발했는지 썩소가 풀풀 날리는 모습이었다.

그리고 지금 내 앞에서 당당하게 개폼 잡고 있는 마계 11군 단장 에릭투스.

왼쪽 눈 밑에서 입술을 가로질러 턱 선까지 흉터가 남아 있었다.

"흐흐흐. 최상급 천족 두 놈을 베어 죽이고 난 영광스러운 상처다. 그날을 기리기 위하여 이대로 놔두었다."

내 눈길에 친절하게 설명하는 에릭투스.

2미터 30은 될 것 같은 마족들 중에서도 장신에 속하는 놈.

갑옷도 착용하지 않은 놈의 몸은 근육맨 그 자체였다.

'마력도 강한데 근육량도 장난 아니네. 밥 먹고 헬스질만 했나.'

180의 나도 한참 왜소하게 만드는 놈의 떡대.

머릿속에서 경고음이 울려왔다.

"마신께 영광을! 영광을!"

"피! 피! 피! 피! 피! 피!"

피떡을 칠 마족 놈들의 광기 어린 외침이 다시 폭풍처럼 휘몰아쳤다.

파아아아앗.

마족 놈들의 마력으로 가동되는 것이 분명한 마신의 심장이라 불리는 조형물이 다시 붉게 타올랐다.

그리고 11군단장이 나타나자 어느새 꽁무니를 빼고 사라진 상급 마족 놈들.

"마신께서 네놈의 피를 원하는구나. 단숨에 두 쪽을 내어 피의 제단에 올릴 것이다."

'두… 두 쪽.'

몸이 두 동강이 나는 상상을 하자 오한이 밀려왔다.

마력을 사용하지 않고 근력만으로도 나를 두 쪽 낼 것 같은 시베리아 회색곰 같은 놈의 덩치.

'빨리 결판을 내야 한다.'

최상급 마족이 가장 무서운 순간은 에테르 윙이라는 마력의 날개를 사용하는 순간.

놈이 변신하기 전에 처리해야 했다.

'세상은 승자만 기억하는 법. 이기면 장땡이다!'

비겁하지만 상급 마족 파르케온을 상대할 때처럼 뭔가 수를 내야 하는 시점.

"만나뵙게 되어 영광입니다. 위명이 자자하신 마계 11군단장 에릭투스님."

다른 마족들처럼 길고 긴 풀 네임을 외우지는 못했다.

마족들이야 강한 자들의 이름 외우는 것을 취미생활로 하고 있지만, 난 꽃사슴들의 이름 빼고는 그러고 싶은 마음이 전혀 없었다.

"호오, 나를 아는가?"

고개를 숙이며 깊숙이 예를 취하자 관심을 보이는 에릭투스.

무식한 만큼 단순한 마족들의 성격.

이런다고 해서 두 쪽 내겠다는 말을 취소하지는 않을 것이다.

피로써 제단을 쌓는 마신 축제.

뭇 마족들 앞에서 자신이 뱉은 말을 거두지는 못할 것이다.

"그럼문요. 마족뿐만 아니라 천족과 환수족들이 이름만 들어도 벌벌 떠는 에릭투스님의 위명을 제가 어찌 모르겠습니까. 사실 에릭투스님 앞에서 하는 말이 아니라 저의 주인이신 세를리아님보다 에릭투스님을 평소 더 흠모하고 있었습니다."

에릭투스만 들을 수 있도록 조용히 속삭였다.

"당연히 그래야지. 각성도 못한 마족 따위는 존경받을 가치가 없지."

칭찬 앞에 만족한 모습을 보이는 에릭투스.

'딱 걸렸어.'

거의 붕어와 사촌지간이라 불러도 될 마족들.

내가 던진 미끼를 확실히 물었다.

“사실 제가 이렇게 무리하게 최상급 마족님들을 지목했던 이유는 죽더라도 에릭투스님 같은 위대한 마족님의 검에 죽고 싶어서였습니다. 알다시피 어찌 인간 소환수 주제에 마계의 주인이신 최상급 마족님의 상대가 되겠습니까.”

“…….”

존경한다는 말에 귀를 기울여 주는 에릭투스.

어찌 이런 바보에게 목숨을 잃었는지 천족들도 이해가 안 갔다.

“마법이나 마력이 아닌 오직 검으로 죽고 싶습니다. 인간 세상에서는 도전하는 자를 검으로 죽여야만 영광을 얻을 수 있습니다. 그렇지 않으면 신께서 그 영광을 거두어가십니다.”

“검으로만?”

“그렇습니다. 제가 비록 마계에 소환되었지만 평소 존경하옵고 그리워하던 마계의 영웅 에릭투스님을 만난 이 순간, 검으로 영광스러운 죽음을 맞이하고 싶사옵니다. 위대하시고 자비로우신 에릭투스님, 저의 간절한 청을 들어주시옵소서!”

검 말고는 답이 없었다.

하다못해 순간 이동 마법만 사용해도 난 그대로 날아 도망친 닭 쫓던 닭 장수 신세.

사전에 손과 발을 묶어두어야 했다.

"눈이 제대로 박힌 인간이구나. 네 말대로 검으로만 너에게 영광스러운 두 쪽 죽음을 허락하노라!"

'앗싸!'

일단계 작전 성공.

"모든 마족들에게도 선언하여 주시옵소서. 인간 소환수 따위는 마법과 마력을 사용하지 않고 검에 들어간 마력만 이용하여 피의 제단에 바치겠다고 말입니다."

살살 부치는 부채질.

끄덕.

승낙하는 에릭투스.

"선포하노라! 감히 겁없이 최상급 마족에게 도전한 인간 소환수 카르얀을 마력과 마법 사용 없이 온전히 검에 들어간 마력만으로 피의 제단에 바치겠노라!"

"와아아아아아아아아아아아아아아아아아!"

"에릭투스! 에릭투스! 에릭투스!"

자존심 강한 마족들이 에릭투스의 말에 환호성을 지르며 그의 이름을 연호했다.

'그래, 이제 한번 맞짱 떠보자!'

최상급 마족의 마력이 엄청나다는 것을 알고 있지만 검에만 사용한다면 한 번 해볼 만하다는 생각이 들었다.

스윽.

어깨를 쭉 폈다.

그리고 나온 한마디.

"어이! 형씨, 이제 시작하지."

"……?"

금방 변한 내 말투에 적응을 못하는 에릭투스.

"뭘 봐? 사람 처음 봐?"

방금 전까지 존경한다던 내가 싹 안면을 바꾸자 왕방울만 한 눈을 떴다 감았다 했다.

까딱까딱.

검끝을 까딱거리며 에릭투스를 도발했다.

"이, 이놈이!!!"

단순한 마족 대장답게 순식간에 얼굴이 벌겋게 달아오르는 에릭투스.

'미안하다. 그렇지만 내가 살기 위해 좀 사라져 줘야겠다.'

내가 봐도 한참 싸가지없는 행동.

하지만 살아남기 위하여 놈을 자극해야 했다.

사실 마족들은 나에게 할 말이 없었다.

조용히 세를리아에게 사랑받으며 고대 마법이나 배워 중간계로 토낄 생각밖에 없는 나였다.

그런 나를 자신들의 율법에 편승시켜 동물원 원숭이처럼

취급하였다.

특히 재수없는 레비테우스 놈과 연관된 에릭투스.

나에게 조금쯤 놀림받아도 될 존재였다.

"후후후! 그랬군. 그랬어……."

'엥?

벌겋게 달아올라 무지막지하게 검을 들고 달려와야 정상
이었다.

마신의 축제에 자신의 이름으로 선포한 검술만의 대련.

만약 약속을 어기면 신을 모욕한 죄로 그 자리에서 다른 마
족들에게 소멸을 당하게 된다.

거기까지는 바라지 않았다.

단지 마법과 마력 대결과 달리 검술은 정신적 안정이 중요
하기에 그것을 깨뜨리려는 나의 작은 술수.

그런데 버럭 화를 내던 놈의 표정이 갑자기 차갑게 식었다.

"천족 놈들 중에도 너와 같이 나를 자극했던 놈들이 있었
지. 물론 놈의 의도대로 되지 않았고 이 검에 단숨에 두 쪽으
로 갈라져 죽었지."

차앙!

말과 함께 뽑혀지는 최상급 마족의 마력검.

마력을 머금은 마력검에서 파란 빛이 뿜어져 나왔다.

그리고 보이는 네 자리 숫자의 고대 마법 주문어.

강렬한 마력 광채 때문에 자세히 볼 수 없을 지경이었다.

"흐음……."

역시 최상급 마족은 쉬운 존재가 아니었다.

내 잔꾀를 파악하고 마음을 다스리는 에릭투스.

"벌레 같은 인간 놈. 이제 네놈의 피로 마신께 영광을 돌리리라."

대검을 가볍게 한 손에 드는 놈.

"벌레? 후후후. 벌레라 이거지……."

강하지 못하면 죄라 여겨지는 마계.

살아남기 위하여 난 최선을 다했다.

놈들도 알고 있을 인간의 미약한 힘.

그런 나를 최상급 마족으로부터 이름을 가졌다는 이유만으로 피를 보려 했던 자들.

내가 벌레라고 욕먹을 이유는 없었다.

놈들은 벌레 피를 빨아먹고 사는 몸집 큰 회충들일 뿐이었다.

파앗!

마력검에 내공을 불어넣었다.

스스스스스.

전신 세맥에서 잠자던 내공까지 더해지며 에릭투스 검에 맺히는 검기에 지지 않으려는 중급 마력검.

"흐흐흐. 오너라."

까딱까딱.

내가 했던 대로 자극을 시도하는 에릭투스.

"오냐, 간다. 이 대가리만 큰 짐승아!"

나보다 머리통 두 개만큼 더 큰 에릭투스.

'쌍, 내가 언제 편히 숟가락 들어본 적 있냐!'

언제나 고난 행군의 연속이었던 나의 삶.

마계라고 다를 것도 없었다.

'증폭의 롸! 파괴의 망치 카! 달려라!'

머릿속에서 융합되는 고대 마법 주문어.

피리리릿.

마력검이 순간적으로 강력한 힘을 뿜어내기 시작했다.

"타앗!"

팟!

바닥을 박차고 나가는 가벼운 발걸음.

단단한 화강암처럼 서 있는 에릭투스를 향해 몸과 하나가 된 검이 허공으로 치솟았다.

바람을 놀리는 한 마리 물 찬 제비처럼.

콰아아앙! 쾅! 쾅!

마신의 축제가 열리는 마황성의 경기장이자 신전.

검과 검이 부딪치는 소리라고는 믿을 수 없을 정도로 강력
한 충격음이 관전하는 마족들의 귀에 천둥처럼 울려 퍼졌다.

"……."

건방진 인간을 죽이라고 에릭투스의 이름을 연호하던 마
족들 모두 입을 다물고 주먹을 움켜쥐었다.

마법과 마력 대결을 사용하지 않고 펼쳐지는 최상급 마족
마계 11군단장 에릭투스와 인간 소환수의 대결투.

보고도 다들 믿지 않았다.

마족들에게는 벌레보다 못하게 취급을 받는 인간.

그런데 그런 인간이 펼치는 검술은 마족들 모두 처음 보는
대단한 경지.

입을 벌리고 멍하니 바라보는 마족, 주먹을 움켜쥔 마족,
이를 악문 마족.

마족들 모두 대결에 집중하였다.

자신들도 대부분 소유하고 있는 중급 마족이 사용하는 마
력검으로 최상급 마족이 사용하는 마력검을 막아내는 인간.

더 이상 인간 소환수를 무시하는 마족들은 아무도 없었다.

강한 자를 존경하는 마족들의 세계.

이미 인간 소환수 카르얀은 모든 마족들의 기억에 똑똑히
자리 잡았다.

"오호, 저 정도였단 말인가?"

하급 마족이었지만 마법 능력뿐만 아니라 마력까지 최상급 마족들을 가뿐히 뛰어넘어 마왕을 위협할 수 있는 마계 마법 스승 테르드오.

경기장이 한눈에 보이는 자신만의 관람석에 앉아 인간 카르얀이 펼치는 검술과 고대 마법 주문어 응용력을 감상하였다.

"검술에 벌써 응용할 수 있단 말인가? 아니면 검술 자체에 고대 마법 주문어의 힘이 담겨 있단 말인가?"

볼수록 의문이었다.

세를리아의 부탁이었지만 테르드오도 절대 불가능하다 생각했던 인간의 무모한 도전.

상급 마족도 벅찰 것이 분명하건만 최상급 마족을 노려 목숨을 보전하겠다는 포부를 밝힌 카르얀의 생각을 테르드오는 미친 짓이라 생각했다.

그렇지만 카르얀이 사용하는 모든 것을 정화시키는 호흡법을 실험하고자 고대 마법 주문어를 가르쳐 주었다.

기대는 하지 않았다.

고대 마법 주문어는 자신이 발견한 지 2,000년 동안에도 다 깨우칠 수 없었다.

더욱이 축적된 혼돈의 마력 때문에 직접 펼치지도 못하고 검이나 기타 도구에 실험하며 지난 세월을 보냈었다.

그런데 인간이 단 몇 달 만에 고대 마법 주문어를 제법 능숙하게 이용함이 보였다.

단 두 자만이 각인된 중급 마력검이건만 최상급 마족이 사용하는 네 자의 주문어로 증폭되는 마력검을 막아내는 자.

다른 마족이었다면 벌써 마력검이 박살 나고 몸뚱이가 잘려 나가야 할 시간이었다.

그러나 지금 카르얀은 한참을 버텨냈다.

고대 마법 주문어와 같은 효과를 내는 현묘한 검술과 마력검에 각인된 주문어를 적절히 사용하여 버티는 인간.

테르드오는 인간을 다시 생각하게 되었다.

지금껏 비공식적으로 실험을 위하여 소환했던 인간들과 차원이 다른 카르얀의 능력.

테르드오조차 긴장하며 피의 축제를 관람하였다.

콰아아아아앙!

쩌저저정.

카아아아앙…….

"컥……!"

그러나 그것도 잠시.

"저런! 쯧쯧."

오래는 버텼지만 감히 상대가 안 되는 마력을 소유한 최상급 마족의 일격에 산산이 부서지는 카르얀의 중급 마력검.

테르드오는 혀를 차며 아쉬운 마음을 달랬다.

검이 없는 인간은 더 이상 최상급 마족의 적수가 아니었기
에.

"아…….”
간절히 마신께 기도했건만 어쩔 수 없는 실력 차이.
그가 쓰러지고 있었다.
입에서 피를 뿜으며 허공을 비행하듯 날아가 처박히는 카
르얀의 모습.
눈을 질끈 감았다.
아슬아슬하게 버티고 있지만 애초부터 상대가 되지 않았
다.
마족들이라면 모두 알고 있는 마계 11군단의 전설.
호위 마족들과 함께 차원의 영토를 수비하는 천족 수천 명
과 두 명의 천족 군단장을 죽였다는 최상급 마족 에릭투스.
마계 서열 10위 올라 있는 무서운 자였다.
그런 에릭투스의 장기는 바로 검술.
비록 자신이 생각해도 신기한 힘을 소유한 카르얀이었지
만 에릭투스를 상대한다는 것은 신에게 대항하는 마족과 같
은 짓이었다.
'잘 가… 카르얀……. 널 지켜주지 못해 미안해.'
왠지 모르게 심장 부근이 싸하게 아파왔다.

최상급 마족들에게 지금껏 무시를 당할 때 느꼈던 아픔과
또 다른 차원의 고통.

또로로.

자신도 모르게 눈물을 흘리는 세를리아.

힘이 있다면, 자신이 각성만 됐다면 다른 마족들이 자신의
소환수에게 저리 대할 수가 없었다.

'강해지겠어. 그리고… 복수할 거야. 날 무시한 모든 마족
들의 심장을 꺼내 버릴 것이야!'

복수를 다짐하는 세를리아.

자신을 험한 세상에 팽개치고 도망친 아버지를 원망조차
않았던 마음 여린 마족 소녀 세를리아.

난생처음으로 지독한 복수를 결심하였다.

"피! 피! 피! 피!"

"마신께 영광을! 마신께 영광을!"

피를 봐야 멈추는 마신 축제.

살아남기 위하여 강해져야 하는 마계.

마족들은 어느새 살아남기 위해서가 아니라 강해지기 위
해 살아가는 피의 존재들이 되어 있었다.

Chapter 27
새로운 군단장의 탄생

마계
대공
연 대 기

"크윽……!"

주루루룩.

입을 타고 흘러내리는 붉은 핏물.

'쳇, 비려 죽겠네.'

허락지 않았건만 스스로 입술을 비집고 흘러나오는 엄청난 양의 핏물.

내상을 입은 것이 분명했다.

'역시 안 되는 거였어…….'

이날을 대비하여 지난 몇 달간 피나게 수련한 고대 마법 주문어와 장백검술.

태극선기공으로 기하급수적으로 빨아들인 내공의 힘과 그들의 도움이라면 무언가 수가 날 수 있을 것이라 막연하게 기대했었다.

하늘은 피땀 흘려 노력한 자를 배신하지 않는다는 믿음이 있기에 가능했던 일.

그러나 노력만 가지고는 저 무식한 쇠돌이 녀석을 어찌할 수 없었다.

"흐흐흐. 이제야 네놈의 모습이 보기 좋구나."

마력검이 박살 나고 그 반탄력에 한 10미터를 튕겨져 날아간 것 같았다.

그런 내 앞에 나타난 11군단장 에릭투스.

만족한 웃음을 터뜨리고 있었다.

"조, 좋냐?"

"뭐라고?"

"…크크. 힘없는 인간을 이겨서 좋냐고?"

죽어도 곱게 죽긴 싫었다.

승리에 취해 즐거워하는 놈의 마음에 얼음물을 붓고 싶은 심보.

"이, 이놈이!"

분노하는 놈.

‘밥통 같은 놈.’

아픔이 극대화되니 고통이 느껴지지 않았다.

한여름 땡볕 더위에 늘어지게 낮잠을 자고 난 것처럼 무기력한 몸뚱이.

‘강철의 칸, 강철의 칸, 증폭의 바람 롸, 그리고 대지의 망치 알······.’

내 마력검을 아작 내고 에릭투스의 손에 들려 있는 최상급 마족의 마력검.

‘빌어먹을, 저러니 상대가 안 되지······.’

아무리 고대 마법 주문어 응용력이 강하면 뭐 하겠는가.

강력한 단단함을 상징하는 칸의 이중 주문과 증폭의 바람 롸, 대지의 망치 알로 구성된 고대 마법 주문어.

‘왕무식이 같으니라고.’

놈의 성향을 알고 테르드오가 주문 제작해 주었을 에릭투스의 검.

무쇠보다 더 단단한 강력함으로 무장한 온통 무식한 주문어의 결합.

증폭의 바람 롸와 파괴의 망치 카가 각인된 중급 마족의 검으로 이 정도 막아낸 것도 선방이었다.

‘아쉽다. 장백검술이 조금만 더 완성되었더라도 좋았을 것을······.’

이제야 밀려오는 후회감.

중조 할배가 검술에 신경 쓰라고 할 때 더 배워두지 않았음
이 한탄스러웠다.

털썩.

놈의 검에 새겨진 고대 마법 주문어를 파악하고 그대로 바
닥에 누워버렸다.

"피! 피! 피! 피!"

"마신께 영광을! 마신께 영광을!"

광기에 취해 나의 피를 원하는 마족들의 외침.

"흐흐흐! 이제 두 쪽을 내주마. 소멸되어서도 나를 잊지 말
거라."

'오냐, 내 죽어서 밤에 꼭 찾아와 주마!

총각귀신의 형님으로 불리는 모태솔로 귀신.

죽어서 밤마다 놈에게 찾아와 진한 원한을 보여주리라 마
음먹었다.

스르륵.

차마 눈 뜨고 나를 조각내려는 놈의 검을 볼 수 없었다.

힘겹게 고개를 옆으로 돌렸다.

'뇌전의 바람 퓨, 뇌전의 바람 퓨, 뇌전의 폭풍 류… 지가
뱀장어야? 저딴 검을 어디에 쓰라고……. 쯧쯧.'

방금 전 내 기습에 손목이 아작난 상급 마족 파르케온이 들

고 있던 검.

오른손을 뻗으면 잡을 수 있는 곳에 위치해 있었다.

그리고 바닥을 튕기다 어쩌다 검끝이 살짝 바닥에 박혀 있는 검면이 보였다.

마력이 들어가지 않아 확 드러나지는 않지만 고대 마법 주문어를 대부분 외우고 있는 나에게 그 의미를 파악하는 것은 일도 아니었다.

그런 파르케온의 검에 새겨진 고대 마법 주문어.

온통 전격 계열과 관련된 주문어들뿐이었다.

전격 계열의 마법을 사용한다면 금상첨화일 검.

검을 제작한 테르드오가 실험을 위해 마족들을 이용하고 있음이 확인되는 순간이었다.

'응?

파르케온의 마력검을 바라보다 갑자기 벼락같이 생각나는 한 가지.

'에릭투스의 마력검은 온통 쇠와 관련된 강력함으로 무장한 검. 그렇다면 이 검과는 절대 상극!'

놀랍게도 파르케온의 검과 에릭투스의 검은 절대 상극 관계.

만약 동일한 마력을 소유한 이들이 붙고, 전격 계열의 힘을 파르케온의 검에 주입하면 쇠와 관련된 에릭투스의 검은 그대로 전격의 전도체가 되어버리는 상황.

번쩍.

희미하던 눈이 갑자기 번쩍 떠졌다.

전격의 마법을 알지 못하지만 나의 내공 속에 섞여 있는 천
둥의 힘.

'맞아! 방금 전에 놈이 검을 부딪칠 때마다 움찔거렸어!'

놈과 대결할 때 내공이 담긴 나의 마력검에 부딪칠 때마다
잠깐잠깐 놀라던 놈의 모습.

'이대로 죽을 수 없다!'

이렇게 개죽음당하고자 마계까지 와서 생고생할 이유가
없었다.

오직 내 목표는 생존.

<u>스스스스</u>.

살겠다는 의지를 품자 전신 세맥과 하단전에 남아 있던 마
지막 내공이 모여지기 시작했다.

와륵.

의지가 깃들자 스스로 움직여 검을 잡는 오른손.

주인과 같이 아직 죽고 싶은 마음이 전혀 없는 놈.

"마신이시여! 여기 당신의 종 에릭투스가 피의 제단에 제
물을 올리나이다! 기쁜 마음으로 받아주시옵소서!"

흥분한 말과 함께 내 앞에서 검을 번쩍 든 에릭투스.

"피! 피! 피! 피! 피! 피! 피!"

"에릭투스! 에릭투스!"

피를 외치며 다시 승리자 에릭투스를 연호하는 마족들.

파츠츠츠츠츠츠츠.

상급 마족의 마력검을 한 번도 사용해 본 적이 없기에 조합해 본 적 없는 고대 마법 주문어 세 단어.

죽음이 임박하자 세 단어가 빠르게 머릿속에서 결합이 되어갔고, 그 힘은 곧 검끝에 모여지기 시작했다.

"잘 가라, 인간 놈! 크하하하하하하하하하하!"

에릭투스의 마력을 담은 웃음이 경기장에 폭풍처럼 휘몰아쳤다.

번쩍 치켜 올라가는 검!

내 오른손에 검이 쥐어져 있는 것을 보지 못하고 마력을 적당히 담은 검을 통나무 자르는 도끼군의 자세처럼 양손으로 치켜드는 놈.

쇄애애애애애액!

놈의 검이 바람처럼 갈라져 왔다.

정말 눈 깜짝할 사이에 나를 두 쪽으로 갈라 버릴 것 같은 무시무시한 속도감.

그러나 내 눈에는 그 속도가 슬로우 비디오처럼 느리게 보였다.

극한 상태에 이르자 오감이 극대로 활성화되어 있는 상태.

'너나 가라, 하와이!'

어릴 적 분유병 빨던 힘을 다하여 오른손에 들려 있는 검을 내려치는 놈의 검에 후려쳐 갔다.

팟!

찰나의 섬광.

카아아아아아아아아아아아아앙!

그리고 울리는 거대한 충격음.

'뇌전의 힘이여, 너를 분노케 한 자를 멸하라!!!'

마음속에 외쳐지는 뇌전을 소환하는 나의 강렬한 의지.

우두둑.

내려치는 무식한 도끼질을 막아서던 내 오른손의 마력검이 놈의 마력검의 힘을 이기지 못하고 비껴져 바닥에 박혀갔다.

그 순간 오른쪽 어깨뼈가 탈골이 되는 생생한 느낌.

'죽는 건가…….'

느껴지지 않는 뇌전의 힘.

희미해지는 눈동자.

'……!!!'

그리고 그 순간 눈동자에 보이는 꿈틀거리는 거대한 뇌전의 힘.

번쩍!

모용미미와 함께 맞았던 벼락만큼이나 대따시 큰 벼락이 달려오고 있었다.

쩌저저저저저저저저저저저저저적.

그리고 강타하는 뇌전의 폭풍 같은 전류.

"크아아아아아아아아아아아아아아아아아아아악!"

귀가 멀 정도로 울리는 누군가의 처절한 비명.

찌지지지지지지지지지지지직.

'크아아아아아아아아아악!'

그 순간 생애 두 번째 맛보는 짜릿한 번개의 맛.

분유병 빨던 힘까지 다한 까닭에 입을 벌리지도 못하고 지르는 지독한 고통.

'빌어먹을 신 같으니라고……'

머릿속에서 터지는 신을 향한 불경스러운 욕.

신은 참 나쁜 분이었다.

죽일 것이면 그냥 죽일 것이지, 한 번도 아니고 두 번이나 나를 전기고문하는 그 잔인함.

죽어서도 절대 용서치 않으리라 마음먹었다.

그리고 끝이었다.

갑자기 찾아온 암흑세계.

갑자기 따스한 그 무엇이 온몸으로 빨려 들어오는 느낌에 나는 고통 속에서도 편안한 웃음을 지을 수 있었다.

번쩍!

쩌저저저저저저저저저저저저적!

"크아아아아아아아아아아아아아아아아아아악!"

몸이 잘려 나가고 피비 내리는 환상을 기다리며 열광하던 마족들의 눈과 귀에 감지되는 강렬한 빛과 비명.

건방진 인간 소환수를 두 쪽 내기 위하여 마력검을 내리꽂던 11군단장 에릭투스.

누워 있던 인간 놈이 휘두른 검 때문에 살짝 몸을 비껴가는 것까지 마족들은 뛰어난 시력으로 볼 수 있었다.

하지만 그 뒤에 갑자기 내리치는 강렬한 번개에 마족들은 눈을 감아야 했다.

무방비 상태에서 몰아치는 번개의 광채.

아무리 마족이라도 맨 눈으로 보기에는 무리였다.

찌지지지지지지지지지지지지직.

"헉……!"

"저, 저게 뭐야!"

"오! 신이시여……!"

신체 능력이 좋은 마족들은 금세 안정을 되찾고 눈을 떴다.

그런 마족들의 눈에 보이는 광경.

방금 전까지 당당하게 서 있던 마계의 존경받는 최상급 마족 11군단장 에릭투스.

강대한 마력을 소유하고 있음에도 검게 그슬려 바짝 탄 통구이가 되어 서 있었다.

그리고 그런 에릭투스의 손에 들린 검과 몸을 타고 쏟아지는 마력.

놀랍게도 마신의 심장이라 불리는 곳에 담겨 있는 마족들의 마력이 번개와 합쳐져 에릭투스와 그의 검, 그리고 인간의 손에 들린 마력검을 따라 경기장 바닥 전체에 흐르고 있었다.

수많은 생을 살아온 마족들도 처음 보는 괴사.

치지지지지지직.

일반 마족들뿐만 아니라 마계 장로들인 마왕들도 입을 턱하니 벌리고 믿지 못할 괴사를 멍하니 보고 있었다.

잠시 후.

마신의 심장에서 마지막 마력이 빠져나왔고, 이내 뻘겋게 달아오르던 마신의 심장은 빛을 잃어갔다.

쿵!

그때까지 서 있던 에릭투스의 육신.

그대로 마른 장작처럼 바닥에 몸을 부딪치며 쓰러졌다.

"카르얀!!!"

에릭투스가 쓰러지고 정적이 휩싸인 경기장에 울리는 어느 마족 여인의 애달픈 목소리.

팟!

공간을 가로질러 여인의 몸이 경기장 안에 나타났다.

마신의 심장이 식자 제 의지대로 빛을 발하는 달과 별빛 사이로 모습을 드러내는 마족 여인.

파바바바밧.

그런 마족 여인이 나타남과 동시에 열 명의 마족들도 대련장 위에 나타났다.

11군단장 에릭투스를 경호하는 마계 최고 11군단, 군단장 호위 마족들.

파바밧.

그들이 나타나자 마왕들도 순간 이동을 펼쳐 대련장 위에 모습을 드러냈다.

"카르얀……."

인간 소환수 카르얀의 주인인 최상급 마족 세를리아가 바닥에 널브러져 있는 카르얀이라는 인간의 이름을 불렀다.

그리고 눈물을 뚝뚝 흘리며 죽은 듯 쓰러진 카르얀의 얼굴을 만져 갔다.

"주군!"

"구, 군단장님!"

자신의 주군 곁으로 다가가는 호위 마족들.

"영광스러운 신의 곁으로 갔군……."

마왕 율리우스가 에릭투스의 얼굴을 보더니 그가 죽었음을 확인했다.

"허어, 이런 말도 안 되는 일이……."

"이게 무슨……."

마계 2인자 포르테니우스 마왕과 다른 마왕들이 당황한 표정을 지었다.

자신들도 싸우면 죽음을 장담할 수 없는 마계 11군단장 에릭투스의 소멸.

인간과 싸우다가 소멸되었다는 사실이 믿기지 않았다.

"뭐 하는가. 11군단의 호위 마족들은 군단장님을 모시지 않고!"

그때 인간을 만지던 세를리아 입에서 나오는 차가운 명령어.

"……?"

마왕과 11군단 호위 마족들의 얼굴에 의혹이 깃들었다.

"마신의 율법에 의거 최상급 마족의 이름으로 명한다. 여기 전 11군단장 에릭투스를 신의 제단에 올린 카르얀님을 호위하라……."

　자리에서 일어나 11군단 호위 마족들을 똑바로 바라보며 율법을 논하는 세를리아.

　"여기 너희들의 새로운 주군이 신의 뜻으로 임하였노라!"

　밝은 미소를 입가에 배어 문 세를리아.

　꿈틀.

　그리고 그 순간 살아 있음을 확인시키는 인간 소환수 카르얀의 작은 꿈틀거림.

　"군단장님을 호위하라!"

　차자자작.

　마신이 정한 율법.

　무적을 자랑하는 마계 11군단 호위 마족들이 순식간에 인간 카르얀을 보호하며 장벽을 세웠다.

　상대를 쓰러뜨리면 모든 것을 차지할 수 있는 마계.

　새로운 11군단장이 탄생하는 순간.

　휘리리리리리리리링.

　한줄기 바람이 불어왔다.

　마계 역사상 단 한 번도 없었던 인간 최상급 마족의 탄생과 11군단장의 등극.

　마계에 다시 쓰이는 새로운 역사의 한 순간.

모두 다 숨죽였다.

그리고 그 침묵을 희롱하는 한줄기 바람만이 마신의 축제장을 휘돌고 사라질 뿐이었다…….

『마계대공 연대기』 3권에 계속…

覇君
패군　설봉 新무협 판타지 소설

무협계를 경동시킨 작가, 설봉!
그가 다시금 전설을 만들어간다!!

수명판(受命板)에 놓고 간 목숨을 거둔 기록 이백사십칠 회!
생사를 넘나드는 전장에서 매번 살아 돌아오는 자, 계야부.
무총(武總)과 안선(眼線)의 세력 싸움에 끼어들다!

"죽일 생각이었으면 벌써 죽였다. 얌전히 가자."
"얌전히. 그 말…… 나를 아는 놈들은 그런 말 안 써."
무총은 그를 공격하지 않는다. 공격할 이유가 없다.
다른 사람들은 그의 존재조차도 알지 못한다.
오직 한 군데, 안선만이 그를 안다.
필요하면 부르고, 필요치 않으면 버리는
철면피 집단이 다시 자신을 찾아왔다.

나, 계야부! 이제 어느 누구에게도
휘둘리지 않겠다!!

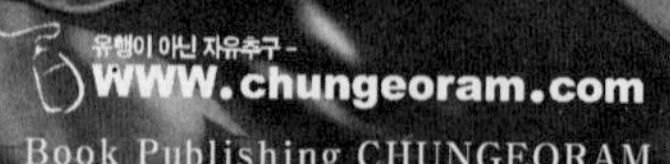

저작권 보호!!
장르문학의 성장에 힘이 되어주십시오.

**저작물의 무단 전재와 복제, 불법 다운로드!
이것은 관심이 아니라 무관심입니다!**

작가님들은 창의적 열정과 시간을 투자해 자신의 꿈과 생계를 유지합니다.
한 권의 책을 만들어 많은 사람들은 자신의 인생과 미래를 설계합니다.

저작물 속에는 여러 사람의 노력과 희망이 담겨 있습니다!

저작물의 무단 전재와 복제, 불법 다운로드는 여러 사람들의 꿈과 생계를
위협함으로써 장르문학을 심각한 상황에 빠뜨리고 있습니다.

**이제는 무관심이 아니라 관심으로 장르문학의
성장에 힘이 되어주세요.**

[도서출판 **청어람**은 항시적인 저작권 보호를 통해 장르문학과
여러분의 희망을 지키겠습니다.]

저작물의 무단 전재와 복제, 불법 다운로드는 법률에 의해 처벌받을 수 있습니다.
저작권법 제97조의5 (권리의 침해죄)
저작재산권 그 밖의 이 법에 의하여 보호되는 재산적 권리(제73조의 4의 규정에 의한 권리를
제외한다)를 복제·공연·방송·전시·전송·배포·2차적 저작물 작성의 방법으로 침해한
자는 5년 이하의 징역 또는 5천만 원 이하의 벌금에 처하거나 이를 병과(동시에 두 가지 이상의
형벌을 지우는 일)할 수 있다.

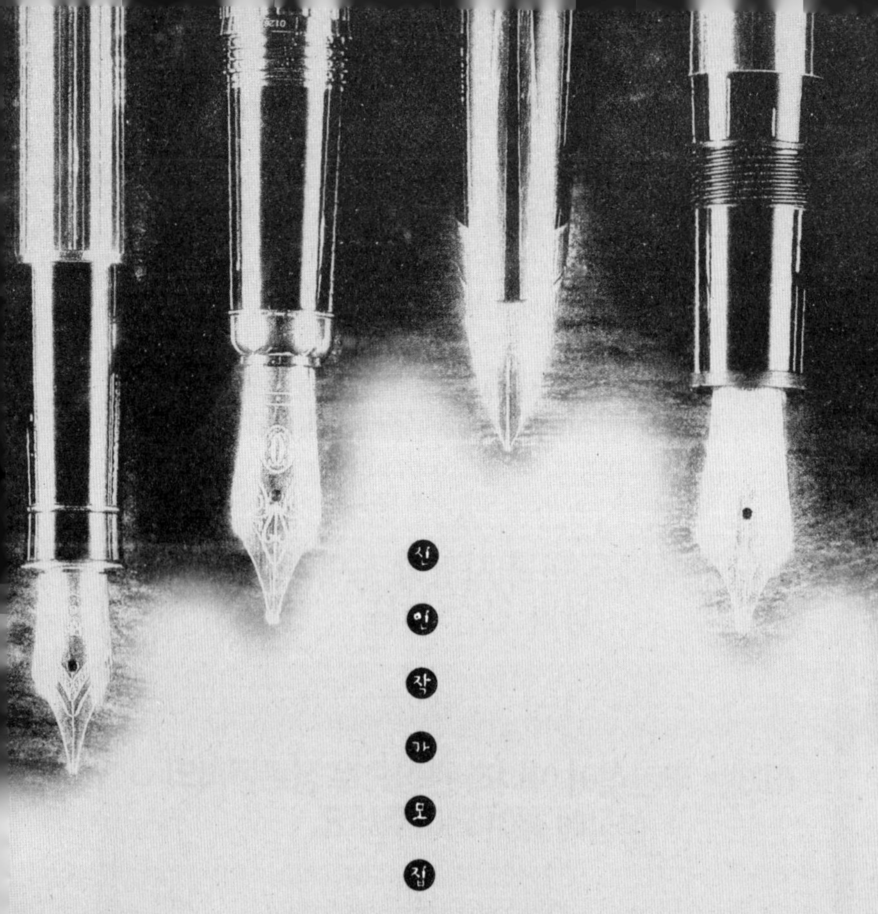

신
인
작
가
모
집

시작이 반이라고 했습니다.
작가의 길에 대한 보이지 않는 벽을 과감히 깨뜨리십시오!
청어람은 작가 지망생 여러분들의
멋진 방향타가 되어드리겠습니다.

저희 도서출판 청어람에서는
소설 신인 작가분들을 모집합니다.
판타지와 무협을 사랑하시는 분들의 많은 참여를 바랍니다.
소정의 원고(A4용지 150매)를 메일이나 우편으로 보내주시면
검토 후 출판 여부를 알려드리겠습니다.

주소:경기도 부천시 원미구 심곡1동 350-1 남성B/D 3F 우편번호420-011
TEL:032-656-4452 · FAX:032-656-4453
http://www.chungeoram.com
e-mail:chungeoram@chungeoram.com

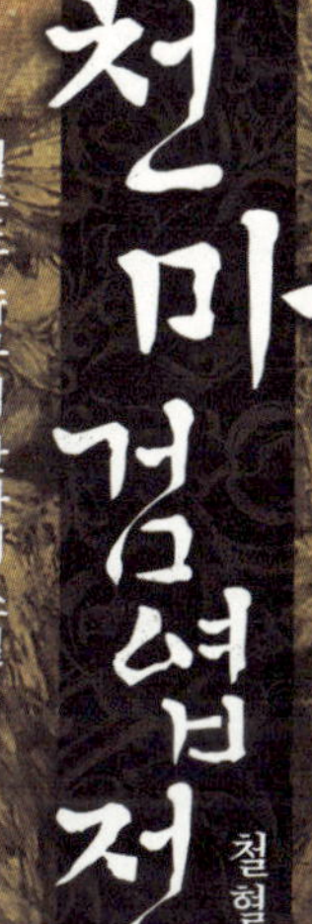

천마검섭전

임준후 新무협 판타지 소설

철혈무정로 1부

인세에 지옥이 구현되고 마의 군주가 현신하면
그 누구도 그를 막지 못하리라!
이는 태초 이전에 맺어진 혼돈의 맹약, 육신에 머문 자나
육신을 벗은 자나 누구도 피할 수 없는 구속의 약속일거니……

주검과 피, 그리고 살기가 강물처럼 흐르는 전장에서
본연의 힘을 되찾게 되는 신마기!
신마기의 주인은 전장을 거칠 때마다 마기와 마성이 점점 더 강해져
종국에는 그 자체로 마(魔)가 된다……

제어되지 않는 신마기…
이는 곧 혼돈의 저주, 겁화의 재앙이다!

長虹貫日

장홍관일

월인 新무협 판타지 소설

세상은 언제나 정의가 승리하고,
그래서 사필귀정(事必歸正)이라고?

개소리!

세상은 나쁜 놈들이 지배하지.
그러나 그놈들은 아주 교활해서 절대로 나쁜 놈처럼 안 보이지.
현재 무림을 지배하고 있는 백도의 어떤 인간들처럼……